CAO WEN XUAN CHUN MEI XIAO SHUO XI LIE

曹文轩纯美小说系列

图书在版编目（CIP）数据

我们的麦场主：走进曹文轩的纯美世界 / 曹文轩等著.
南京：江苏凤凰少年儿童出版社，2010.1
（曹文轩纯美小说系列）
ISBN 978-7-5346-4955-4

I. 我… II. 曹… III. 儿童文学—文学评论—中国—当代 IV. I207.8

中国版本图书馆 CIP 数据核字（2009）第 237525 号

书　　名　曹文轩纯美小说系列-我们的麦场主

著　　者　曹文轩
责任编辑　郁敬湘　张晓玲　张海丽
封面绘画　朱成梁
美术编辑　蔡　蕾
文中点评　吴慧琴　刘丽玲
出版发行　江苏凤凰少年儿童出版社
地　　址　南京市湖南路 1 号 A 楼，邮编：210009
印　　刷　江苏凤凰通达印刷有限公司
开　　本　890 毫米×1240 毫米　1/32
印　　张　9.25　插页 4
版　　次　2010 年 1 月第 1 版
　　　　　2016 年 4 月第 2 版
　　　　　2021 年 3 月第 23 次印刷（总第 44 次印刷）
书　　号　ISBN　978-7-5346-4955-4
定　　价　22.00 元

曹文轩纯美小说系列

我们的麦场主

走进曹文轩的纯美世界

曹文轩 著

江苏凤凰少年儿童出版社

Père Castor

曹文轩，北京大学中文系教授，中国作家协会主席团委员，北京作家协会副主席，国家统一语文教材主编之一。主要长篇小说有《山羊不吃天堂草》《草房子》《红瓦》《根鸟》《细米》《青铜葵花》《蜻蜓眼》《樱桃小庄》等。创作并出版绘本《飞翔的鸟窝》《羽毛》《柏林上空的伞》等五十余种。出版学术性著作《中国80年代文学现象研究》《第二世界——对文学艺术的哲学解释》《20世纪末中国文学现象研究》《小说门》等。出版《曹文轩文集》（19卷）。百余种作品被译为英文、法文、德文、希腊文、日文、韩文、瑞典文、丹麦文、葡萄牙文、俄文、意大利文等文字。曾获全国“五个一工程”奖、中国作协全国优秀儿童文学奖、中华优秀出版物奖、中国出版政府奖、国家图书奖、宋庆龄文学奖、冰心文学奖、陈伯吹国际儿童文学奖、输出版权优秀图书奖、金鸡奖最佳编剧奖、中国电影华表奖、德黑兰国际电影节“金蝴蝶”奖、北京市文学艺术奖等重要奖项七十余种。2016年获得国际安徒生奖，是中国获此殊荣的第一人。

国际安徒生奖简介：

国际安徒生奖（The Hans Christian Andersen Awards）是世界儿童文学领域的最高奖项，由国际少年儿童读物联盟（IBBY）于1956年设立，由丹麦女王玛格丽特二世赞助，以童话大师安徒生的名字命名，每两年评选一次。1966年增设了插画奖。

该奖表彰为青少年儿童文学事业做出永久贡献的优秀儿童文学作家和插画家。该奖一生只能获得一次，一旦获得，便拥有终生荣誉。

2016年4月4日，在第53届意大利博洛尼亚国际童书展上，2016年“国际安徒生奖”正式揭晓，曹文轩获得该奖项，这是中国作家第一次获得该奖项。

曹文轩，用诗意如水的笔触，描写原生生活中一些真实而哀伤的瞬间。

——国际安徒生奖评委会主席帕奇亚当娜

1. “麦田”风景

草房子

青铜葵花

山羊不吃天堂草

根鸟

红瓦黑瓦

野风车

细米

狗牙雨

2. “麦粒”心声

“麦粒”们心中的“麦场主”

小小批评家

3. “麦穗”拔节

麦田小剧场

挑战大作家

狗牙雨
曹文轩 著
红瓦黑瓦
曹文轩 著
青铜葵花
曹文轩 著
草房子
曹文轩 著
根鸟
曹文轩 著
细米
曹文轩 著
野风车
曹文轩 著
山羊不吃天堂草
曹文轩 著

1. 『麦田』风景

草房子

草房子
曹文轩 著
★国家图书奖
★全国精神文明建设"五个一工程"奖
★中国作家协会全国优秀儿童文学奖
★冰心儿童图书奖
★宋庆龄儿童文学奖金奖
国际安徒生奖得主曹文轩纯美小说系列

倾心导读

为一种梦想而感动

汤 锐

文学魅力的性质有两种，一种是镜子式的，让你从中看到真实的世界和你自己，特别是你脸上的瑕疵、你周围的丑陋、你的生活和你的生活环境的种种不如意，让你在一份无奈的清醒之后学会坦然地面对这个并不完美的世界；还有一种是美梦成真式的，让你长久以来深埋在心底的梦想长出一双可以飞翔的翅膀，你会发现你几乎从未如此感动，被作品描绘的梦境所深深感动，原来那其实就是长久以来一直埋藏在你自己心底的梦境。文学作品唤醒了它、提升了它、给它涂上了鲜明的色彩，那是另外一个你在梦境中飞翔。

这两种文学境界其实都是永恒的。你会发现你其实很需要它们，特别是后者，人总是要做梦的，人是靠了梦想而生存而追求的。梦想是永恒的，因此文学也是永恒的。

文学家是梦神。

美国电影《泰坦尼克号》着着实实地让我们领略到了什么是梦想，以及什么是梦想成真的感动。老实说，当我看完这部电影之后，走出电影院，我只有一种愿望，那就是远远地躲开一切尘世的喧嚣，沉浸在那永恒的感动里。然后我远远地听到有人在问：你流泪了吗？你流泪了，为什么？

文学与艺术一样，不是让人条分缕析、大卸八块的，文学阅读就是一种感动。当你感到了某种来自灵魂深处的震颤，文学的使命就达到了。

《草房子》 1997年江苏少年儿童出版社

长篇小说《草房子》，其作者曹文轩在这方面显然有自己明确的追求目标，他在这部小说的“代跋”中提出一个问题：“怎样让今天的孩子们感动？”是的，今天的孩子们，特别是都市里的大部分孩子们，物质生活条件太好了，所欲所求几乎应有尽有，还有什么能使他们感到稀罕和感动的呢？但是优秀的文学作品就应该具有这样的神奇力量，文学的使命就在于此，将沉醉在物质的丰裕中的懵懂儿童向精神的丰裕提升。

我第一次被《草房子》这部小说感动得流泪，是读第四章“艾地”时，秦大奶奶从拼了老命与学校争地到拼了老命去救护学校的一只南瓜，这奇特的故事

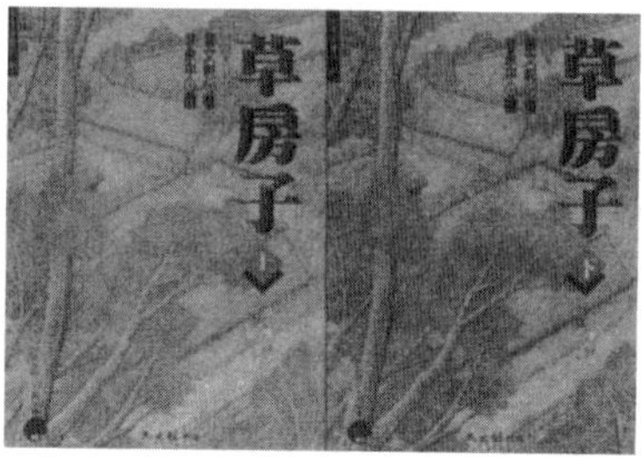

《草房子》上、下册 1998年 台湾民生报社

在表面的诙谐和滑稽中透出一种人生的苦涩，如那些在野风中摇响着叶子散发香味的苦艾，令人惊奇的是那一颗饱经沧桑的灵魂居然还是那么无瑕的纯净。那个秦大奶奶简直是个精灵，一个包含了所有执著、单纯和善良的精灵。这小说就这样拥有一种令人感动的力量，从秦大奶奶的故事中、从秃鹤的故事中、从纸月的故事中、从杜小康的故事中、从温幼菊的歌声中……读者会从一次次的感动中领悟什么是人生的“沧桑”、什么是“善”、什么是对一种理想的执著……

《草房子》中有一批栩栩如生的人物，他们当中有孩子也有大人，孩子不因大人在场而显得拘谨如小大人，大人也不因怕抢了孩子的风头而有意无意带上一点小儿腔，他们每个人的性格都是油麻地的一方胜景，他们都以各自的方式在油麻地这个舞台上扮演着自己的角色，于是油麻地就有了一幕幕有声有色、耐人寻味的悲喜剧；他们每个人又都从不同的方向走来或朝不同的方向走去，于是小说的空间便有了纵深的发展。

你有没有发现这部小说结构的妙处？不是一个故事从头到尾叙述到底，而是立体交叉、回旋往复的，一个个人物接踵而来，每一个人都是生活的一条线索，众多人物就这样水到渠成地刻画出来了。你会发现这小说很好读，因为它把一个个物象清晰地不受干扰地推出，像一张张干净清纯的底片，背景上没有太多繁杂的反衬，然而当你读完全书，你会发现那些人物在你的脑子里已经错综复杂地、然而又是秩序井然地纠结在了一起，组成了一张细密又谨严的网络，接着你发现其实整个一段关于“草房子”方圆十里的生活实际上已经尽收眼底。

主人公桑桑是个精灵的化身，他代表了作者童年生活的精魂，这个人物既是一个实实在在的人物，又是一个十足的象征物，是一种内涵丰富的童年精神(游戏、善良、好奇、懵懂、成长等等)的具体体现。桑桑的淘气、富于幻想、精力旺盛和不谙世事，就像一轮喷着彩色光芒的朝阳，他在你面前蹦跳着、笑闹着，宛如一个生气勃勃的童年在你面前跳跃着、喧闹着。作者写活了一个男孩精灵。

然而不独桑桑，这小说里所有的人物都带有某种精灵气息，像秃鹤似乎超出儿童常态的强烈内心冲突和报复心理，像杜小康的绝顶聪明及其鹤立鸡群式的高贵气度，像白雀飘飘欲仙的美貌和忧郁，像纸月神秘的身世与超凡出世般的书卷气，像秦大奶奶不无滑稽的固执及其后来感天动地的善举，即使是外来的男孩细马，其

《草房子》 1999年
中国电影华表奖(优秀儿童电影奖)

异常的倔强早熟也像沾了油麻地的精灵气息……那种气息达到极致的自然是浸月寺仙风道骨的慧思和尚，他不是人间实有的人物，他和作者的另一部小说《山羊不吃天堂草》中的那群洁白如玉、高贵圣洁的山羊一样，皆非人间凡物。这便是典型的曹文轩的风格，凡刻画人物总要将某种性格推向极致，他极尽浪漫、空灵之笔致，而又似乎仍不满意于笔端的人物与现实瓜葛太密，总要弄出些不食人间烟火的东西来方肯罢休。好像中国的泼墨山水，画面上总要有一些“留白”，使人“看到”那墨迹以外的无限苍茫；又像是西洋油画，缜密的油彩纤毫毕现地在一大片深暗的背景上堆出质感鲜明的人物，然而那漫不经意射入密林的一束阳光，或在僻静处若隐若现的一弯爱神的翅膀，则将浓得化不开的满纸情思向幽深的第三维空间弥散开去。

《草房子》2002年日译版

《草房子》因而令我喟叹，曹文轩依然是那个曹文轩，满怀的浪漫和悲悯，丝毫没有掺水，只是比起前些年来，更显得沉着和蕴藉，那种外在的华丽与浓烈已经被生活过滤掉了许多，留下的则更厚重更耐咀嚼。

仍然是“美”、“力”与“真”。

但这“美”已不再是无节制地炫美，作者在表现美好的同时，也不掩饰美的瑕疵，而这些瑕疵往往是以某种微嘲的幽默笔触来表现的。浪漫和悲悯是就小说的整体艺术格调而言的，但在具体情节和细节的描写上，曹文轩不乏幽默感，甚至喜欢玩味一种透着机智的幽默感，这在某种程度上体现了作家在把握描写对象方面的功力，如小说中关于秦大奶奶的鸡鸭鹅不断到教室骚扰的种种描写就有一种充满挑战意味的诙谐。这种特殊的表现手法，使他的小说中几乎围绕每个人物展开的故事都像一部微型的悲喜剧。

只有关于一个美好的女孩子的故事他从来不肯用喜剧的手法去写，像纸月，像白雀。包括他以前和现在的所有作品，他用一种纯粹的文学灵性固执地追求着美，纯净的、飘逸的、智慧的，甚至含着淡淡忧郁的美，美轮美奂。

“力”也不再是炫耀某种性格的光环，而着重与“真”糅为性格的“成长”。秃鹤的成长，杜小康的成长，桑桑的成长，细马的成长，孩子们都在不同程度地成长着。每一个少年的成长都浓墨重彩如庄严的仪式，每一个少年的成长都包含了催人泪下的沧桑。这其中有自我否定后的重新自我肯定——如秃鹤，当他重新得到承认、重新回到一度因幼稚的负气而失去的群体之中时，他大概领悟到了什么才是真正的自尊；有被生活开了一个残酷的大玩笑之后在磨难中的早熟——如杜小康，

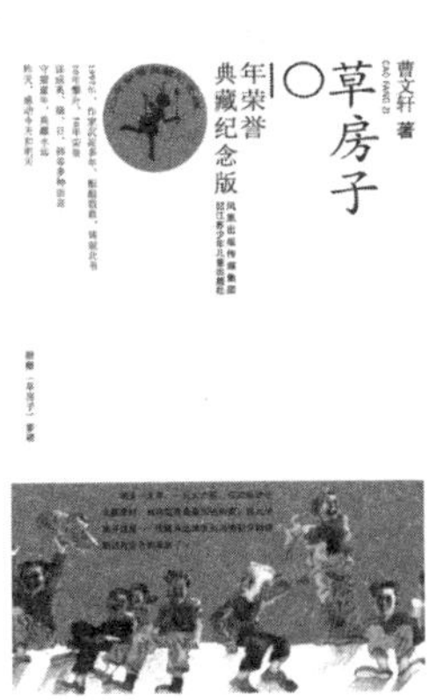

《草房子》（典藏版）2007年
江苏少年儿童出版社

电影《草房子》日语海报

从物质与精神双重优越的巅峰一落千丈，但最终艰难地站起，带着不卑不亢的微笑，他的人格已是从炼狱中重生；有预演了死亡之后的大彻大悟——如桑桑，踏破生与死的界限使他突然从司空见惯的事物中认识了生命夺目的美丽，他从肉体到灵魂都经历了一场深刻的蜕变，他不再是那个天真的童年精灵，他向真正的成年迈出了决定性的一大步。好像一连串秩序井然的阶梯，《草房子》通过不同人物的生活历程写出了少年人成长的几种不同途径、方式和层次，写出了少年人的自我意识生成的不同境界。

仍然是关于“美”、“力”与“真”的梦想，但却由于更富生活底蕴而更具普遍性。文学家是造梦者又是解梦者。当你感动时，你是被你心里的梦想所感动了；如果文学家只讲他自己心里的梦，那便不一定会感动你，只有当他讲出大多数人心里的梦时，大多数人才会被感动。

（原载《中国校园文学》1998 年第 6 期）

一曲充满悲悯精神的美艳“挽歌”

朱向前

我一向认为：文学界的本质之一就是“向后看”，就是“挽歌”，是寻找人类在前进道路上失去的而又永远寻找不到的精神家园。文学不可替代的作用和魅力的一个重要方面，就是永不疲倦、永葆青春激情地对这失去的家园唱出一支支缠绵悱恻、美艳凄婉的挽歌。

然而，生活在现代社会的我们，已经很难再和这种美轮美奂的作品相遇了。现当代作家，无论中国的还是外国的，似乎都不再相信“美是无敌的”，“美可以拯救灵魂”这些经过千百年时间淘洗的常识性结论，而过分地迷信思想的力量，普遍地认定形而上的表达才是文学的最高表达，仿佛觉得和现代形态的小说相比，那些曾经感动过人类的古典形态的小说丑陋得像只尚未进化的猴子。长此以往，我们也感到恍惚起来：以展示人性之美为目的的文学难道真的该死亡了吗？如果它没有死亡，那它又在哪里呢？

北京大学有一个我的同龄人——博士生导师曹文轩，他也持有和我相近的观点。他认为现代小说“失去了古典的温馨与温暖。小说已不能再庇护我们，慰藉我们，也已不能再纯净我们。我们在那些目光呆滞、行动孤僻、对周围世界无动于衷的现代形象面前，以及直接面对那些阴暗潮湿、肮脏不堪的生存环境时，我们

2006年6月1日　在成都与情景音乐剧《草房子》剧组合影

所能有的只是一种地老天荒时的凄清与情感在枯寂”。曹文轩进一步指出：“托尔斯泰、雨果、契诃夫、鲁迅以及沈从文等小说家所创造的古典形态下的小说所具有的悲悯精神，在这个恰恰缺乏情感的现代化社会，难道还不是一个显赫的问题吗？当今小说难道没有重新找回这一精神的必要吗？”问题是提得相当尖锐的。在新近的二十年里，我们确实只在铁凝、张承志、史铁生的作品中遭遇过古典形态小说那种无敌的美。翻遍《哦，香雪》《黑骏马》《命若琴弦》《日落碗窑》后，我们再想沐浴这种美的光照，就只好把身心置于沈从文的《边城》《潇潇》和孙犁的《风云初记》之中了。这确实是当代社会缺乏悲悯精神和真切情感的又一明证。中国向来不缺乏美食家兼评点家。正因为不想与这些美食家和评点家为伍，我虽然持这种“挽歌”观点多年，却很少理直气壮地表述，当然是怕听到人们这样的反诘：“你嫌现代小说太阴暗丑陋，做一道无敌美来吃呀！”因此，也不免为曹文轩教授担心起来，

秃鹤　张慧婷绘

杜小康在红门前　张慧婷绘

生怕他也会面对这样的诘问，免不了陷入尴尬。不久，我就读到了曹教授的《草房子》（江苏少年儿童出版社 1997 年版）。当我从用优美的文字、优雅的姿势、忧郁的情怀铸成的《草房子》的浓烈悲悯气氛中走出来时，我不再为教授担心了，并随即把曹文轩《草房子》和《红瓦》的出现，定性为古典主义的胜利。

我重视甚至是珍视中国二十世纪末出现的《草房子》，请绝对不要把这本书仅仅看成是单纯的儿童文学作品。在红尘滚滚、物欲横流的现代社会，在人性急剧变异、人情日渐冷漠的时代，我不知道还有多少比《草房子》更能慰藉我们心灵的文字。至少，《草房子》坚韧地呈现出了无敌的美，它鲜明的古典美情趣和浓烈的怀旧伤感情怀使任何一个正常的人面对它都不会无动于衷。

《草房子》到底写了些什么东西呢？我愿意在这里转引该书内容提要中的一段文字，因为这段文字是被《草房子》感动后抒发的："作品写了男孩桑桑刻骨铭心、终身难忘的六年小学生活。六年中，他亲眼目睹或直接参与了看似寻常但又催人泪下、撼动人心的故事：少男

2006 年 7 月　在香港油麻地

情景音乐剧《草房子》剧照

少女之间毫无瑕疵的纯情，不幸少年与厄运相拼时的悲怆与优雅，残疾男孩对尊严的执著坚守，垂暮老人在生命最后一瞬所闪耀的人格光彩，在死亡体验中对生命的深切而优美的领悟，大人们之间扑朔迷离且又充满诗情画意的纠葛……”《草房子》还表现了更多成人才能体察的幽微的情感，人性深处的悸动和自然、社会投向人心之上的光亮和阴影——秃鹤对尊严的维护的故事里透出的作者对不平等深层根源的体察，红门少爷杜小康故事里传递出的人生从小康坠入困顿过程中人的尊严、希冀的丝丝断裂声，白雀和蒋一轮爱情故事里流泻出来的不可知的命运和人生错位感，秦大奶奶在改朝换代后对旧秩序的怀想、维护和对新秩序的拒斥、抗争和融合，桑桑与父亲之间的一波三折的变化……在《草房子》中都被表现得力透纸背。显然，正是《草房子》所呈现出的所谓成人小说中已难得一见的高贵典雅、沉郁忧伤的美，才把我们真正地打动了。

四川人艺情景音乐剧《草房子》海报

它完全可以用平等的姿态，与世界性的优秀儿童文学作品进行对话。

曹文轩教授显然要算一个唯美主义者，一个情感上的古典主义者，他曾经略显情绪化地批评了二十世纪小说对审美价值的放弃、对"感动"一词的漠视和遗忘。他认为二十世纪后半叶的小说要求读者接受它思想的冷峻、尖锐和不同凡响，要让读者有如梦初醒、醍醐灌顶的错愕感，进而使读者面对作品的深度时生出自卑心理，是一种严重的不平等，是对美的公然藐视。同时，他又认为古典形态的小说一如从前，依然青春。在《草房子》的后记里，他甚至作出了这样的断言："感动人的东西是千古不变的。"在世纪之交的今天，在我们的社会进入一个深度转型期的时候，曹文轩的这些理性思考，像他创作出的《草房子》一样，也很值得重视。一个理性上的现代主义者，创作出了充满古典精神的《草房子》，是一个奇迹。二十一世纪的中国文学，必将以独立的精神开始生长，才能让世界侧目。古典主义经《草房子》再次焕发青春，对中国文学的发展无疑有生动的启示意义。

面朝大海

（原载1999年9月21日《文艺报》）

评论热帖

草房子

《草房子》描写人物与传统小说偏重情节和环境、多在行动中刻画人物的描写方法不同，它善于写人物微妙的情感关系，表现心灵的颤音和丝丝缕缕的酸楚和慰藉，强调人物的抒情性和心灵化，仿佛它并不是为写人而写人，而是以人物来抒情。

正是这种强烈的感情色彩，使《草房子》获得了“诗体小说”和“小说中的小说”之类的美誉。

——蔡葵《〈草房子〉启示录》原载《光明日报》1999年9月30日

《草房子》透示的永恒的童年情怀，是生活之爱、人类之爱的化合，是人生情怀与理想情怀的化合，这种化合恰恰若那轮金色的天体——太阳一样，既照临又切肤，既吹拂又动心，面对人生的阴影，我们的焦虑中也掺进了向光向暖的企望，它感动的是今天的孩子，也会感动今天的成人，并将这份感动延续下去。

——王光东《永恒的童年情怀》原载《作家报》1998年4月23日

桑桑的身上，集中了一种矛盾的性格特质，他有天真的深刻，幼稚的成熟，善良的诡计以及纯朴的聪明，这些性格特质，在作者近乎白描一样的自然描写下，栩栩如生。我们完全被桑桑的生活迷住了，被油麻地上那些善良纯朴却又散发着一种优秀的民族情怀的人们所吸引。

——于青《最美的收获——读〈草房子〉》原载《出版广角》1998年第3期

最后一章“药寮”写得沉郁，病愈后桑桑抓起那支发烫的猎枪高高地对着天空放响七枪之后而放声大哭，走完他童年百感交集的时光，消化他人生最初启蒙的营养，让人读后心里发沉，一种略带忧郁的情感，一种辉映着再不仅仅是湛蓝天空的眼神，一种只有融和着文学色彩才有的人生蕴藉，雾一样、音乐一样弥漫开来，曲终不尽。

——肖复兴《〈草房子〉是一首诗》原载《瞭望》新闻周刊 1998 年第 15 期

《草房子》是一本与卡通文化判然有别的小说，这是一位大学教授和卓然有成的儿童文学作家对他文化信念的又一次坚定的表达。他试图用对一个少年小学六年丰富生活的叙述，用对一个孩子心灵世界的充分揭示，用孩子对各种不同事物的理解方式和感知方式，来表达他对孩子的精神世界的理解，以及回答他们到底需要什么的问题。

——孟繁华《卡通时代的文化信念》原载《新闻出版报》1998 年 4 月 10 日

一个名叫桑桑的小男孩，让我想起法国诗人罗贝尔·萨巴蒂埃的一句诗来："我带了孩子时代的话，朝着我等待自己的地方逃亡。"

《人民文学》副主编崔道怡把《草房子》比作当代中国的《爱的教育》，他说，相信如今被曹文轩感动过的孩子，多年之后会像他们那一辈人怀念《爱的教育》那样，怀念这"金色的草房子"的。小说虽然以60年代为背景，但它却将历史背景大大淡化，使得它产生了一种永恒的隽永，它将成为二十世纪最后的经典。

——彭懿《少年长篇中的大手笔——读〈草房子〉》原载《新民晚报》1998年4月27日

在云南拔河

阅读现场

秃鹤的秃，是很地道的。他用长长的好看的脖子，支撑起那么一颗光溜溜的脑袋。这颗脑袋绝无一丝瘢痕，光滑得竟然那么均匀。阳光下，这颗脑袋像打了蜡一般亮，让他的同学们无端地想起，夜里它也会亮的。由于秃成这样，孩子们就会常常出神地去看，并会在心里生出要用手指头蘸一点唾沫去轻轻摩挲它一下的欲望。事实上，秃鹤的头，是经常被人抚摸的。

秃鹤的秃是通过生动形象的比喻以及人们的感受表现出来的。

油麻地小学是一色的草房子。十几幢草房子，似乎是有规则，又似乎是没有规则地连成一片。它们分别用作教室、办公室、老师的宿舍，或活动室、仓库什么的。在这些草房子的前后或在

有条理的叙述把小学校的方位及环境交代得井然有序。

这些草房子之间，总有一些安排，或一丛两丛竹子，或三株两株蔷薇，或一片花开得五颜六色的美人蕉，或干脆就是一小片夹杂着小花的草丛。

桑桑就是桑桑，桑桑与别的孩子不大一样，这倒不是因为桑桑是校长的儿子，而仅仅只是因为桑桑就是桑桑。

寥寥数语写出了桑桑是一个有自己个性的男孩。

眼下的夏天，是地地道道的夏天。太阳才一露脸，天地间便弥漫开无形的热气。而当太阳如金色的轮子，轰隆隆滚动过来，直滚到人的头顶上时，天地间就仿佛变得火光闪闪了。河边的芦苇叶晒成了卷，一切植物都无法抵抗这种热浪的袭击，而昏昏欲睡地低下了头。大路上，偶尔有人走过，都是匆匆的样子，仿佛在这种阳光下一旦待久了，就会被烧着似的。会游泳与不会游泳的孩子，都被这难忍的炎热逼进了河里。因此，河上到处是喧

夏的炎热，用夸张、拟人等修辞手法描写得逼真。比如说“植物昏昏欲睡地低下了头”。

闹声。

桑桑仿佛是一枚枣子，被人有滋有味地吃了肉，现在成了一枚无用的枣核被人唾弃在地上。他只好拖着竹竿，尴尬地站到了场外，而现在走进场里来的是潇洒的秃鹤。

用“被人唾弃的枣核”这个生动的比喻点明了桑桑的尴尬。

有风。风吹得那顶白帽子在旗杆顶上微微旋转摆动，好像是一个人在感觉自己的帽子是否已经戴正。

拟人的手法写出帽子在旗杆上的摆动，仿佛预示着人物的心情。

秃鹤将棉帽摘下，摸了摸自己的脑袋，又将棉帽戴上，然后讥讽而又古怪地一笑，站到已经集合好的队伍里去了。

细微的动作暗示了他将有一种不同的举动。注意细节的作用。

秃鹤换了念头：我就是个秃子，怎么样！因为有了这个念头，即使冬天来了，他本来是可以顺理成章地与别人一样戴顶棉帽子的，他也不戴。大冬天里，露着一颗一毛不存的光脑袋。谁

秃鹤的倔强，通过典型的行为表现了出来。

看了谁都觉得冷。他就这样在寒风里，在雨雪里，顶着光脑袋。他就是要向众人强调他的秃头：我本来就是个秃子，我没有必要瞒人！

做到跳跃动作时，只见他像装了弹簧一样，在地上轻盈地弹跳。那颗秃头，便在空中一耸一落。当时，正是明亮的阳光从云罅中斜射下来，犹如一个大舞台上的追光灯正追着那个演员，秃鹤的秃头便在空中闪闪发亮。

恰当的比喻，写出了秃鹤想要达到的效果。

纸月上身穿着袖口大大的紫红色褂子，下身穿着裤管微微短了一点的蓝布裤子，背着一只墨绿色的绣了一朵红莲花的书包，正怯生生地看着大家。

浓烈但不炫目的紫色、蓝色、墨绿色、红色，使一位清纯的少女跃然纸上。

桑桑家的那些在外觅食的鸽子，受了惊吓，立即离开野地，飞上乱云飞渡的天空，然后像被大风吹得乱飘的枯叶一般，飘飘忽忽地飞回草房子。

比喻的运用写出了风中的鸽子无法自主的情形。

立在深院里的寺庙，四角翘翘，仿佛随时都会随风飞去。寺庙后面还是林子，有三两株高树，在它的背后露出枝条来。寺前是两株巨大的老槐，很少枝条，而偶尔剩下的几根，在风中轻轻摇动，显得十分苍劲。风略大一些，四角垂挂的风铃一起响起，丁丁当当，衬得四周更是寂静。

这段景物描写动、静态结合，表现了寺庙宁静、肃穆的特点。

母亲看着跑得上气不接下气的桑桑：“你疯啦？”

桑桑头一歪：“我没有欺负她！我没有欺负她嘛！”说着，用手背猛地抹了一把眼泪。

“那你就砸鸽子？”

“我愿意砸！我愿意砸！”他操起一根竹竿，使劲地朝空中飞翔的鸽子挥舞不止，嘴里却在不住地说，“我没有欺负她嘛！我没有欺负她嘛……”

桑桑无法遏制难过的内心世界，以自己的哭闹表现出来。省略号里似乎蕴含了桑桑无尽的悲伤。

他们甚至忘记了自己的欲望：穿一件新袄遮挡风寒的欲

对生活的让人难以理解的低要

望，吃一片西瓜解除暑渴的欲望，将自己放在床上消解一下疲倦的欲望，煮一碗红烧肉润一润枯肠的欲望。他们对痛苦变得麻木起来。镰刀割破了手指，鲜血一路滴在草上，不知道疼；终年光着的脚板，在隆冬季节裂开鲜红的血口，不知道疼；瓦砾硌着脚，不知道疼；鞭子打在脊梁上，不知道疼。

求，表明了秦大和秦大奶奶对土地的真挚热爱，他们所要求的仅仅是土地而已。

她瘫坐在地上，目光呆滞地一直坐到天黑，然后开始了长达一年之久的告状。她告到乡里，又告到区里，再告到县里，然后又回过头来告到乡里、区里、县里……眼见着头发一根一根地白了，眼见着背一点一点地驼了。跟她讲理，她又听不进去，只顾说她的理。拍桌子吓唬她，她干脆赖到你脚下：“你把我抓起来，把我抓起来，抓起来扔进大牢里！”

秦大奶奶的无理、倔强、不可理喻，笔墨不多却给读者留下深刻的印象。

秦大奶奶像一捆长长的铺盖

爱之切情之深，

卷在滚动。她滚动得十分投入。有几次滚出苗圃去了，她就慢慢地调整好，直到放正了身子，再继续滚动下去。她闭着眼睛从东滚到西，又从西滚到东，一边滚，一边在嘴里叽叽咕咕："这地反正是我的，我想怎么着就怎么着……"

她的似乎是蛮不讲理的行动，表现了她对这大地爱得深沉。人物的行动是人物内心最直接的反映，所以符合人物身份、内心的行动描写是成功的。

下面的情景是：孩子们桌上桌下，乱成一团，书本与扫帚之类的东西在空中乱舞；几只鸡无落脚之处，惊叫不止，在空中乱飞；几个女孩被鸡爪挠破手背或脸，哇哇乱叫；企图守住尊严的文教干事以及外校校长们，虽然仍然坐着，但也都扭过身体，做了保护自己不被鸡爪抓挠的姿势；温幼菊则捂住头，面朝黑板，不再看教室里究竟是一番什么样的情景。

混乱的群体描写：鸡叫、乱飞、人叫，以及文教干事无奈防护的尴尬情形。

"他们还是要撵我走呢。"秦大奶奶拄着拐棍，久久地站在她的艾地里。她想着秦大，想着

连续的排比，表现了秦大奶奶对亲人、对土地的

当年的梦想，想着那一地的麦子，想着月光下她跟秦大醉了似的走在田埂上，她想着她从乡下到区里、县里的奔波与劳顿……她在风里流着老泪。

眷恋。

桑桑就坐在她的身边，一直到太阳出来，阳光照到这片艾地上。

善良的桑桑。孩子只能用孩子的方式或能力表明他们的态度、想法。这也是符合人物个性的描写。

墓前，是一大片艾，都是从原先的艾地移来的，由于孩子们天天来浇水，竟然没有一棵死去。它们笔直地挺着，在从田野上吹来的风中摇响着叶子，终日散发着它们特有的香气。

秦大奶奶这个形象给读者以震撼心灵的感觉。一开始，她对土地的爱，以及由这种爱所生出的行为，让人不可理解，甚至让人痛恨。但是，随着情节的发展，她对土地的爱变成了她对小学校的爱，又让读者那么感动。

杜小康才读一年级，就有了一条皮裤带。棕色的，油汪汪的样子，很有韧性，抓住一头，往空中一甩一收，就听见叭的一声脆响。

对一条皮带的描写就把一个孩子的与众不同写出来了。

冬季过去，棉袄一脱，就在衬衫外面，加一件不薄不厚的绒衣或毛衣，再穿一件外衣。若天气又暖和一些，就脱掉外衣。天气再暖和下去，就脱掉绒衣或毛衣，重新穿上外衣，直至只穿一件单衣进入夏季……一年四季，完全可以根据天气的冷暖来增减衣服。因此，一年四季的杜小康，身体都是很舒服的。杜小康不会缩头缩脑地被凉意拴住全部的心思。杜小康身上也没有酸溜溜的汗臭——杜小康身上，只有一股很清洁的气味。

作者用细腻的、不厌其烦的描写突出了杜小康的优越感。

又过了一会儿，这边眼睛亮的孩子，就指着大河说：“桑桑又游过来了，桑桑又游过来了……”

孩子们的不安、无能为力衬托出杜小康的镇定、有能力，即烘托气岸边一片叹息声。一个路稍微远一些的女孩竟然哭起来："我不敢一人走……"

蒋一轮很恼火："哭什么？会有人送你回家的！"

纸月没有哭，只是总仰着脸，望着越来越黑的天空。

这时，杜小康爬到河边的一棵大树上，朝对岸大声叫喊着："毛鸭——你听着——我是杜小康——你立即把船放过来——你还记得我们家墙上那块黑板吗——还记得那上面写着什么吗……"

氛，突出主角。此处的杜小康与桑桑形成了对比。

当大船载着孩子们向对岸驶去时，桑桑还在水中游着。船上的孩子借着月光看水中的桑桑，觉得他的样子很像一只被猎人追赶得无处可逃，只好跳进水中的灰溜溜的兔子……

桑桑的尴尬虽没有直接写，但是以"无处可逃，灰溜溜的兔子"的比喻让读者了然于心。

捉迷藏有许多种。其中一种叫"贼回家"。这是油麻地的孩子们最喜欢玩的一种。大家先在

曹老师的一大特点就是话说得很清楚，不会让人产

一起确定一个家。这个家或是一棵树，或是一堵墙，或是两棵树之间的那个空隙，家的形式多种多样。只有一个人是好人，其余的都是贼。说声开始，贼们撒腿就跑，四下里乱窜，然后各自找一个他自认为非常隐蔽的地方藏起来。

生疑问或不解。这是语言最基本的，又是很难达到的功力。

桑桑不想再看了，又往前走。但只走了两三步，突然回头了。他在村头找了一块很大的砖头，然后提在手里，连续穿过房子的、树木的黑影，来到了红门前。他瞪着红门，突然地一仰身体，又向前一扑，用力将砖头对准红门掷了出去。当红门发出咚的一声沉闷而巨大的声响时，桑桑已经转身逃进了黑暗。

人物的愤恨通过他抑制不住的情绪表现出来。用了一连串的动词描写扔石头的过程，如“一仰”、“向前一扑”、“掷了出去”，十分流畅精当。

自行车之所以让那些还未骑它或刚刚骑它的人那样着迷，大概是因为人企望有一种，或者说终于有了一种飞翔的感觉。自行车让孩子眼馋，让孩子爱不释手，

解释了自行车为什么对孩子有吸引力，这吸引力能大到什么程度。

甚至能让孩子卑躬屈膝地求别人将他的自行车给自己骑上一圈，大概就在于它部分地实现了人的飞翔幻想。

渐渐地，他们的眼前，就有了一座小小的火山。火山的最底部是黑色，再往上就是似乎凝固了的鲜红，再往上就是活火，最顶端就是红绸一样在风中飞舞的火舌。

火势凶猛。描写细致、真实，从底部的黑色、往上的凝固的鲜红、飞舞的火舌，都让人触目惊心。

火……桑桑和杜小康嘴里不停地咀嚼着这个富有刺激性的字眼，仿佛在咬一个鲜红的辣椒。他们还不停地吐着如火舌一样鲜红的舌头。火光里，两对目光纯粹是小兽的目光，雪亮雪亮的。他们紧紧地盯住魔幻般的火，仿佛眼珠儿马上就要跳到火里，然后与火苗共舞。

人对火的又怕又爱似乎是天性，这里对桑桑和杜小康这两个天性流露的小孩的描写，十分传神，尤其是对其眼睛的描写，“小兽的目光，雪亮雪亮的”，眼睛是心灵的窗口，从中我们看到的是这两个孩子野性叛逆的内心。

这团火仿佛是一团小精灵，竟躲在草下埋伏了一会儿，才将薄草燃着……后来，火来到了一个草垛边，把那个草垛点着了。

拟人手法的运用。

冬天，连刮了三天的西北风，渐渐停息下来。大河里立即结了冰，并且越来越厚实。鸭们没有了水面，就到处寻找。它们在冰上走不太稳，常常滑倒，样子很可笑。所有的船都被冻住了，仿佛永生永世再也不能行驶。岸边，一时还未来得及完全褪去绿色的柳枝，也被突然地冻住，像涂了蜡，绿得油汪汪的。

对冬天的描写，抓住这寒冷的季节中典型景物，在冰上滑倒的鸭，冻住的船，充分反映出水乡所特有的景致。

细马被蒋一轮带到班上时，孩子们都用一种新鲜的但又怪异的目光去看他。因为他是从遥远的地方来的一个小蛮子。

细马和秃鹤合用一张课桌。

细马看了看秃鹤的头，笑了，露出几颗大门牙。

秃鹤低声道："小蛮子！"

细马听不懂，望望他，望望

场景描写，通过孩子们从"笑"到"大笑"的变化指出了他们对细马的好奇与不屑。

你，意思是说：这个秃子在说什么？

孩子们就笑了起来。

细马不知道孩子们在笑什么，觉得自己似乎也该跟着笑，就和孩子们一起笑。

孩子们便大笑。

秃鹤又说了一句：“小蛮子！”

他看到邱二爷的眼睛潮湿着站在秋风里，一副疲惫而衰老的样子。细马还发现，邱二爷的背从未像今天这样驼，肩胛从未瘦得像今天这样隆起，脸色也从未像今天这样枯黑——枯黑得就像此刻在秋风中飘忽的梧桐老叶。

破折号的运用恰到好处，人物的饱经风霜细致地表现出来了。

他只要白嫩白嫩的，像一条条细白的虫子一样的须子。黑的或红的，一概不要。那么白，那么嫩，一根一根，仿佛都是活的，仿佛你一不留神，它们就会从竹篮里爬出去。太阳一照，就仿佛盛了半竹篮细细的银丝。

最通俗易懂的比喻让人感受到事物是多么鲜活，多么生动可感。

"我要爬到顶上去看看。"细马搬来一架梯子，往上爬去。

桑桑看见了细马，仰头问："细马，你爬上去干什么？"

细马站在砖堆顶上："我看看！"

桑桑一家人，就都走出门来看。

夕阳正将余晖反射到天上，把站在砖堆顶上的细马映成了一个细长条儿。余晖与红砖的颜色融在一起，将细马染成浓浓的土红色……

细马是个有良心的善良的孩子，他以他的方式表达了他的知恩图报。他的艰辛的努力表现了他的倔强。曹老师总能让读者感受到人物的复杂个性，但是他们的那种深层的善良同样震撼人心。

阳光照着院子里的一棵柿子树，枝叶就将影子投在地上。无风时，那枝叶的影子很清晰，一有风，就把影子摇乱了，乱得晃人眼睛。风掠过枝头，总是那番单调的沙沙声。这沙沙声仿佛已经响了千年了。枝头上偶然落上几只鸟，叫两声就不叫了，因为安静，就立在枝头上打瞌睡。

对衰败景致的描写，既有直接的描写又有间接的描写，以动、静的结合来描摹。

他站在红门下听着那些急促

杜小康是本书

的脚步声、雨点一样的棍棒相击声和惨烈的喊叫声，真想冲出门去，站在断壁或草垛上指挥他的军队作战，甚至希望在战斗中挂彩，然后威武地在他的军队前面走过……

中塑造的一个有很个性的角色，他高傲、坚强，让人敬佩。言而有信的事例把这个形象塑造得感人。他不屈的性格通过他的内心表现出来。

河水在树枝下淙淙流淌着。一根柔软的细枝垂到水里，几条身体修长柔韧的小鱼，一会儿用嘴去吮那根枝头，一会儿又一个一个首尾相衔地绕着那根枝条转着圈儿。偶然来了一阵风，那几条小鱼一惊，一忽闪就不见了。但不一会儿，又悠悠地游到水面上。

2005年7月　在芬兰

恬静的画面，流水、细枝、小鱼。曹老师的状物描写总是这么细致、精当，似乎没有他描写不出的声、形，这应该归功于他长期的文字锤炼和天性中的敏感多思。

名师课堂

《草房子》阅读欣赏课教学设计

江苏省海门实验学校小学部　赵　花

一、引入

1. 引出交流话题：

最近，同学们在阅读着同一本书——《草房子》。关于这部著作，我们先看看专家是怎样评价的。出示：

《草房子》就是当代中国之《爱的教育》。

——崔道怡

读《草房子》真正是一种享受，是一种文学的享受、艺术的享受，是一种真、善、美的享受。

——樊发稼

《草房子》是一首诗。

——肖复兴

2. 你们同意这些评价吗？请你结合自己的读书感受谈一谈。

二、聚焦

1. 肖复兴老师说“《草房子》是一首诗”。《草房子》明明是一部儿童小说，怎么说是一首诗呢？学生小组讨论。

2. 交流：

儿童就是一首最美的诗。

作品具有诗一般的语言。

学生举文字为例，感受诗般语言的魅力。

如，描写草房子的语段。指导学生朗读。出示：

在这些草房子的前后或在这些草房子之间，总有一些安排，或一丛两丛竹子，或三株两株蔷薇，或一片花开得五颜六色的美人蕉，或干脆就是一小片夹杂着小花的草丛。这些安排，没有一丝刻意的痕迹，仿佛是这个校园里原本就有的，原本就是这个样子。……这一幢幢房子，在乡野纯净的天空下，透出一派古朴来。而当太阳凌空而照时，那房顶上金泽闪闪，又显出一派华贵来。

感受书中诗情画意的画面。（播放剪辑的乡村风光图，教师描述。）

三、品味“感人”

1. 《草房子》又是一首怎样的诗呢？静静

地想一想，选择一个方面说一说。

出示：《草房子》是一首（　　）的诗。

观看电影剪辑的视频。（① 秃鹤递给老师纸条主动想参加演出的过程。② 桑桑面对死亡，一路走来的一幕幕。）

2. 回味语言。让我们再读读描写这感人的一幕幕场景的文字。

四、感受“成长”

1. 它是一部成长小说，也是一首成长的诗。书中人物都在故事里慢慢长大。你们觉得书中的这群孩子仅仅是年龄在长大吗？请你们选择一个人物前后对照着读读，告诉大家你发现他的成长之处。

2. 在阅读中我们也和书中人物一起成长。如果书中的这群小伙伴来到我们中间，你喜欢与谁交朋友？为什么？

五、深化

1. 《草房子》在我心中。

同学们用心读着《草房子》，与它融为一体。《草房子》如诗，如歌，如画，带给我们童年的回忆、美的遐想。当我们回眸，你觉得它还仅仅是一座座普普通通的草房子吗？

2. 一起感动。

这本书已经有一百万的小朋友读着，并感动着。当同学们一口气读完《草房子》时，大家也真真切切地感受到了本书封底的那段话：

出示（齐读）：美的力量绝不亚于思想的力量。一个再深刻的思想都可能变为常识，只有一个东西是永不衰老的，那就是美。

它真正能感动今天和明天的孩子们。

3. 当回小小评论家。

我们再回头看看专家是怎样评价的。（一起读专家评语。）

让我们来当回小小评论家，也来试着评一评。

“走近《草房子》”活动课

青铜葵花

★全国精神文明建设“五个一工程”奖
★中国出版政府奖
★中国作家协会全国优秀儿童文学奖
★江苏精品图书奖
青铜葵花
曹文轩 著
国际安徒生奖得主曹文轩纯美小说系列
江苏凤凰少年儿童出版社

倾心导读

梦里葵花分外香

崔道怡

曹文轩首先是诗人，他写小说，时常以美好的幻想、优雅的韵味，编织美丽的梦境。因此，他的儿童文学作品，能够组合成为“纯美小说系列”。读过《青铜葵花》，这种观感再次得到证实。这部书，把我又带进虽苦涩却甘甜、虽清冷却温馨的一个沁人心脾的纯美境界。

城市七岁孤女葵花，来到了青铜这样一户农家：祖孙三代，都极“干净”。不仅外表，更在内心，圣洁高尚，清澈透明，犹如水晶，至美至纯——面对苦难，尤其坚韧。为应对社会的贫穷，战胜自然的灾难，继承文化的传统，维护家族的尊严，他们正直勤恳，相爱相亲，倾其所有，各尽所能，开拓生路，玉汝于成。

他们的大麦地，也是一处和谐家园。尽管那个养鸭富户视钱如命、蛮不讲理，却也不敢去犯众怒。乡亲们都理解因哑巴而古怪的少年青铜，都怜爱娇美而聪敏的孤女葵花。这独特的小环境，为人间至爱的焕发与传递提供了契机。在饥荒最危急时，村长集合村民高唱雄壮的歌，号召大家：“把腰杆挺直，挺成一棵树！”

这部小说，描述的就是这一户农家两个少年经受苦难的历程和各自显示的风度。他们遭遇火灾、水灾、蝗灾的摧残，他们在风雪、严寒、饥饿的折磨中挺立，他们就是青铜葵花。而当紧急关头，全村人都“挺成一棵树”，这一场景显示，曹文轩这部书所呼唤的，不仅是个人，而且是整个民族对待苦难应有的强劲风度。

就在这天，老奶奶又卖掉金戒指。她操劳终身，力竭而逝，留下亲手摘的棉花——留下了生命的温暖；留

2007年5月　在大连

下戴了一辈子的手镯给葵花——留下了未来的希望。而葵花为给奶奶治病，去拾银杏卖钱。她只得到些面值很小的票子，却以为“挣了很多很多的钱”！——她还不懂得金钱的价值，她只懂得爱的责任和分量。

岁月维艰，爱弥足珍贵，正是至爱成为支撑人们战胜苦难的力量。爱的主人公，便是青铜。火灾使他不再说话，在无言的成长中，他对人对事对生活对自然，心领神会，聪明绝顶。不聋却哑的残疾，更磨炼了他正直善良、坚韧刚强、天真坦荡的品质和个性。这个奇特形象，是曹文轩以爱心和精心塑造的体现爱的典型。

《青铜葵花》是爱的故事。是青铜变戏法，使葵花上了学。为葵花能照相，他冒风雪站街头卖芦花鞋；为葵花夜读书，他点亮萤火虫南瓜灯；为葵花看马戏，他把妹妹驮在自己的肩膀上；为葵花补营养，他在水泊蹲守整天捕野鸭；为葵花在舞台上更夺目，他制作了能发出美丽、纯净、神秘而华贵光亮的冰项链。

“少年时就有一种对痛苦的风度，长大时才可能是一个强者。”“青铜家只有天，只有地，只有清清的河水，只有一番从心到肉的干净。”于是，在曹文轩笔下，贫穷成为诗句。这种纯美意境，对小读者别有魅力。

（原载《人民日报》2005 年 6 月 2 日　第九版）

评论热帖

青铜葵花

震撼，也许更因为他们面对苦难时处变不惊的优雅风度。面对突如其来的大水，面对天光地净的蝗灾，他们每个人，始终像勇敢的水手，坚定地迎向永恒的风雨。漫无边际的清贫，如同一根凌厉的鞭子，悬挂在一家人的头上，可他们却平心静气地忙碌着，他们出河入海，割茅草，卖芦花鞋，不慌不忙地等待春暖花开的时节。此时，所有的苦难，都仿佛成了映衬他们风度的庄严背景。没有灯火，青铜把夏夜里的萤火虫放进南瓜花，做成大麦地最美、最明亮的灯，葵花就亮堂堂地做功课了；没有银项链，青铜用冬天的冰凌，吹成晶莹的串珠，舞台上的葵花就有了奇妙的"冰项链"，它闪亮着纯洁而清澈的光。

——云的秋千

这两位是兄妹，而且都是圣者。他们锻炼人类开展伟大的心魂。他们是力，是生，是神。凡是不能兼爱欢乐与痛苦的人，便既不爱欢乐，亦不爱痛苦。凡能体味他们的，方懂得人生的价值和离开人生时的甜蜜。

读着《青铜葵花》，我感受到了苦难、美、爱的存在。书中最让我感动的是《芦花鞋》与《冰项链》这两章。

——南京浦口实验小学五（5）班 周安琪《苦难／美／爱——读〈青铜葵花〉有感》

《青铜葵花》并不是一本专门赚人眼泪的悲情小说，相反，它是温暖的，纯净的，像一个纯美至极的童话。整本书里满满的都是爱，大大小小的，深深浅浅的，连成串的，结成片的爱，看得人心头一阵一阵地发热，这热一直蔓延到心底深处，触动了那根深藏的心弦，于是眼窝也跟着热了，于是被那些小小的细节一次又一次冲开情感的阀门而泪水涟涟。

——天涯网某网友《单纯的感动——读〈青铜葵花〉》

阅读现场

七岁女孩葵花走向大河边时，雨季已经结束，多日不见的阳光，正像清澈的流水一样，哗啦啦漫泻于天空。一直低垂而阴沉的天空，忽然飘飘然扶摇直上，变得高远而明亮。

雨后的阳光显现出了它独特的美，同时让阴沉的天空也显得那样的开阔而明亮。细致的描摹基于细致的观察。

草是潮湿的，花是潮湿的，风车是潮湿的，房屋是潮湿的，牛是潮湿的，鸟是潮湿的……世界万物都还是潮湿的。

罗列出典型、具有代表性的潮湿的景物，充分体现了语言的节奏美，尤其是省略号的运用又让人有着无尽的遐想。

大河这边，就葵花一个孩子。

葵花很孤独，是那种一只鸟

独特的比喻写出了葵花的孤独，抽象的情绪用具体拥有万里天空却看不见另外任何一只鸟的孤独。

的形象类比了出来。

那年的春天，一群白鹭受了惊动，从安静了无数个世纪的芦苇丛中呼啦啦飞起，然后在芦荡的上空盘旋，直盘旋到大麦地的上空，嘎嘎鸣叫，仿佛在告诉大麦地人什么。

白鹭受惊吓以至“飞起”、“盘旋”、“鸣叫”来暗示它们是受到了人的惊吓才会如此。

“你们家那群鸭子，游到干校那边了。”“你家的牛，吃了人家干校的庄稼，被人家扣了。”“干校鱼塘里的鱼，已长到斤把重了。”“今晚上，干校放电影。”……

人物语言描写：只需引用人们对那个独特地方的议论，就交代出了“五七干校”这个特殊的地方。

他们给鱼打针，打了针的鱼就很兴奋，在水池里撒欢一般闹腾。雄鱼和雌鱼纠缠在一起，弄得水池里浪花飞溅。等它们安静下来了，他们用网将雌鱼捉住。那雌鱼已一肚子籽，肚皮圆鼓鼓的。他们就用手轻轻地捋它的肚子。那雌鱼好像肚子胀得受不了

鱼苗如何繁殖？人们怎样去做？鱼儿仿佛有什么感受？都清楚地表达出来了，也许没有这方面经验的人看了也有种亲眼所见的感觉。

了，觉得捋得很舒服，就乖乖地由他们捋去。捋出的籽放到一个翻着浪花的大水缸里。先是无数亮晶晶的白点，在浪花里翻腾着翻腾着，就变成了无数亮晶晶的黑点。

那是初夏，芦苇已经长出长剑一般的叶子，满眼的绿。爸爸曾经带她去看过大海。她现在见到了另一片大海，一片翻动着绿色波涛的大海。这片大海散发着好闻的清香。她在城里吃过由芦苇叶裹的粽子，她记得这种清香。但那清香只是淡淡的，哪里比得上她现在所闻到的。清香带着水的湿气，包裹着她，她用鼻子用力嗅着。

初见芦苇给一个女孩留下了什么印象呢？怎样的绿？如何与众不同的清香？比喻、类比，多种手法并用的描写让读者也仿佛亲身感受到了芦苇的绿与清香。

她不生爸爸的气，就那样骨碌着眼睛，安静地枕在爸爸的胳膊上，闻着他身上的汗味，等着瞌睡虫向她飞来。在这个等待的过程中，她会伸出小手，在爸爸胡子拉碴的脸上轻轻抚摸着。

葵花乖巧的形象是如何体现的呢？骨碌着眼睛、安静地枕、闻着、抚摸……一切都是那样的轻柔。

大河，一条不见头尾的大河。流水不知从哪里流过来，也不知流向哪里去。昼夜流淌，水清得发蓝。两岸都是芦苇，它们护送着流水，由西向东，一路流去。流水的哗哗声与芦苇的沙沙声，仿佛是情意绵绵的絮语。流水在芦苇间流动着，一副耳鬓厮磨的样子。

芦荡中的水，水中的芦荡，一切都给人和谐之美，静静的，幽幽的，有声却更有情。

葵花很喜欢这条大河。

她望着它，看它的流动，看它的波纹与浪花，看它将几只野鸭或是几片树叶带走，看大小不一的船在它的胸膛上驶过，看中午的阳光将它染成金色，看傍晚的夕阳将它染成胭脂色，看无穷多的雨点落在它上面，溅起点点银色的水花，看鱼从它的绿波中跃起，在蓝色的天空，画出一道优美的弧，然后跌落下去……

以葵花的眼中所见，突出了河边的美。流动的水，浮在其上的树叶，驶过的船只……不同时段的大河色彩也在不停变幻。

一只帆船行过来，掌舵的人看到一个孩子像一只壁虎一般贴在堤坡上，不禁大声地喊道：“谁

掌舵人的担心、惊恐的心理描写更映衬出葵花的

家的孩子？”又想，别惊动了她，就不敢喊第二声了，心悬悬地看着，直到看不见这个孩子，心还是悬悬的。	处境是多么危险。有时侧面表达比直接表达效果更好。
葵花看到，一群鸭子，正像潮水一般，从芦苇丛里涌出，涌到了嘎鱼的脚下，拍着翅膀，嘎嘎嘎地叫成一片，一时间，景象好不热闹。	鸭群出现的情景，“涌”字用得精当。
嘎鱼见了，用小铁铲挖了一块泥，双手抓着近一丈长的长柄，往空中一挥，身子一仰，再奋力一掷，那泥块不偏不倚地砸在了最前面一只鸭子的面前，那鸭子一惊，赶紧掉转头，拍着翅膀，嘎嘎一阵惊叫，向相反的方向游去，跟着后头的，也都呼啦啦掉转头去。	挖、抓、挥、仰、掷，一连串的动作描写细致。
它优雅地点了一下头，一拍翅膀，斜着身体，向南飞去了。	鸟的姿态：点头，拍翅，斜身飞，流畅自然。

河上的风，掀动着男孩一头蓬乱的黑发。他的一双聪慧的眼睛，在不时耷拉下来的黑发里，乌亮地闪烁着。

蓬乱的黑发、乌亮的闪烁的眼睛充满了智慧。在描写人物的外貌时，抓住眼睛重点描写总是没错的。

男孩抓住牛脊背上的长毛，突然跳起，一下子就骑到了牛背上。

人物的动作：男孩敏捷的身手，用三个动词就使情景再现于读者的眼前。

这些光芒，随着水波的起伏，忽生忽灭。两岸的芦苇，随着天空云彩的移动，一会被阳光普照，一会又被云彩的阴影遮住。云朵或大或小，或远或近，有时完全遮蔽了太阳，一时间，天色暗淡，大河上的光芒一下全都熄灭了，就只有蓝汪汪的一片，但又不能长久地遮住，云去日出，那光芒似乎更加的明亮与锐利，刺得人眼睛不能完全睁开。有些云朵只遮住太

细腻的描写，使光芒在水中、云朵在空中映入水中的独特之美，清晰地显现在读者的眼前。明、暗色均包含在描写之中。

阳的一角，芦苇从就亮一片，暗一片，亮的一片，绿得翠生生的，而暗的一片，就是墨绿，远处的几乎成了黑色。云、阳光、水与一望无际的芦苇，无穷无尽地变幻着，将葵花迷得定定的。

葵花的爸爸问：“孩子，你叫什么名字？”

男孩回过头来望着葵花父女俩，却什么也没说。

“你叫什么名字？”葵花的爸爸又问了一句。

不知为什么，男孩忽然变得满脸通红，低下头去了。

放鸭的嘎鱼大声说：“他叫青铜，他不会说话，他是个大哑巴！”

简短的对话，男孩低下头时的羞惭以及嘎鱼的放肆回答，写出了不同人物的性格及特点。

主人一时来不及去解开拴在牛桩上的牛，它们看到大火，就拼命挣扎，或是将牛桩拔起，或是挣豁了穿缰绳的鼻子，在被火光照亮的夜空下，横冲直撞，成了一头头野牛。

场面描写：动物的惊恐、慌乱是这样体现出来的。

火灾发生的画面呈现，让人感到无情的火仿佛就在鸡鸭在夜空下乱飞，猪哼唧着，到处乱窜。山羊与绵羊，或是混淆在人群里跟着往大河边跑，或是在田野上东奔西突，有两只羊竟向大火跑去。

眼前燃烧。

她就这样，用她那双皱皱巴巴的、有点儿僵硬的手，在他的头上一遍又一遍地抚摸着。

奶奶的动作是那样的柔软而充满着理解。

牛最愿意做的一件事就是将头微微低下，邀请青铜抓住它的犄角，踏着它的脑袋，爬到它的背上。它要让青铜高高在上，很威风地走过田野，走过无数双大麦地孩子的眼睛……

牛的描写突现了这是不寻常的牛，它充满柔情、似通人性。语感是那样地美。

青铜的孤独。一只鸟独自拥有天空的孤独，一条鱼独自拥有大河的孤独，一匹马独自拥有草原的孤独。

同是描写孤独，作者在写青铜的孤独和葵花的孤独是不同的，但都给读者共鸣之感。

青铜骑到了牛背上，然后收紧缰绳，用脚后跟猛一敲牛的肚

青铜利索地骑牛，是这个哑童表

子，牛便沿着河岸飞跑起来。四蹄不停地掀动，将一块又一块泥土掀到空中。

现自己、证明自己的最好方式。

葵花一边蹦跳着，一边在嘴里唱着歌。青铜也唱着歌，在心里唱着……

有声和无声的欢乐，就是在这样的描写中体现出来的。

这种气味是任何一种花卉都不具备的。这种含着阳光气息的香味，使人感到温暖，使人陶醉，并使人精神振奋。

独特的香味，给人的感觉也是独特的。曹老师的描写总是这样，浓郁、独特，可见锤炼文字的重要性。

这是一种多么奇异的植物，一根笔直的有棱角的长茎，支撑起一个圆圆的花盘。那花盘微微下垂或是微微上扬，竟如人的笑脸。夜幕降临，月色朦胧，一地的葵花静穆地站立着，你会以为站了一地的人——一地的武士。

这森林经过一夜的清露，在阳光还未普照大地之前，一株株

葵花是雕塑家所钟爱的植物。作者不仅把葵花这种植物的生长习性以及外形特征完美地表现出来，同时把作者的情感也自然包括到了其中。尤其是拟人手法的运

都显得湿漉漉的。心形的叶子与低垂的花盘,垂挂着晶莹的露珠,使这一株株葵花显得都十分的贵重。

露珠洒落在这美丽的植物上，使得这植物显得高贵而美丽。

用：“葵花静穆地站立着……一地的武士”，表明在雕塑家眼中这葵花是坚毅的。

太阳像一只金色的轮子。阳光哗啦啦泻向了葵花田。那葵花顿时变得金光灿烂。天上有轮大太阳，地上有无数的小太阳——一圈飘动着花瓣的小太阳。这大太阳与小太阳一俯一仰，虽是无声，但却是情深意长。那葵花，一副天真、一副稚气，又是一副固执、坚贞不二的样子。

空中的太阳，地上的葵花，既有相同之处，又有不同之处，但它们融合在一起的时候，充满了同样的坚毅的美感。

他的目光只停留在了一株葵花上。他仔细地看着它——它居然是那样的经看：花盘优雅而丰厚，背大致看上去为绿色，但认真一看，中心地方，竟是嫩白，像是人的肌肤,凝脂一般的肌肤。每一瓣花瓣，都有一片小小的叶

同是描写葵花，只不过一个是直接描写植物，一个是描写画家笔下描绘出的植物。虽同为一物，但读起来给人的美感更深。

托，那叶托为柔和的三角形，略比花瓣矮一些，一片连一片，便成了齿形，像花边儿。真是讲究得很。花盘并不是平平的一块，而是向中心逐步凹下去，颜色也是从淡到浓，最中心的为茸茸的褐色。就那么一株，却似乎读不尽它似的。

这是一个很大的村庄，好像有十多条竖巷，又有无数条横巷。所有的房屋都门朝南。这显然又是一个贫穷的村庄。这么大一个村庄，除了少数几户人家是瓦房，其余的都是草房子。夏天的阳光下，这些草房子在冒着淡蓝色的热气。不少座新房，是用麦秸盖的顶，此时，那麦秸一根根皆如金丝，在阳光下闪动着令人眩晕的光芒。巷子不宽，但一条条都很深，地面一律是用青砖铺就的。那些青砖似乎已经很古老了，既凹凸不平，又光溜溜的。这是一个朴素而平和的村庄。

村庄的描写，朴素而柔和，十多条竖巷，无数条横巷，门的朝向以及它的贫穷、简单，井井有条地呈现出来。

走到房门口，他听到了女儿的声音："葵花乖呀，葵花睡觉啦，爸爸还要干活呢，葵花睡觉啦……"他探头望去，女儿一边自己在哄自己睡觉，一边用小手轻轻拍打着自己。拍打着拍打着，声音越来越小，越来越含糊不清了。她的小手放在胸前，像一只困倦极了的小鸟落在枝头——她睡着了，是自己将自己哄着的。回到工作间，他继续干他的活，其间想到了女儿的那副样子，情不自禁地笑了。

女儿的懂事、乖巧，通过她自己哄自己睡觉的细节和那句温柔的比喻句表现出来。细微处确实可见精神，曹老师的行文大都是如此细腻、细致的，因而感人至深。

旋风为一个巨大的锥形。它大约是从田野上旋转到大河上的，因为在那个几乎封闭的却很透明的锥形中，有着许多枯枝败叶与沙尘。这些东西，在锥形的中央急速地旋转着。这个锥形的家伙好像有无比强大的吸力。一只正巧飞过的大鸟，一忽闪就被卷了进去，然后失去平衡，与那些枯枝败叶旋转在一起。

没有细致的观察，哪来如此真实的描写？不得不佩服作者这种状物写景的能力。

不一会儿，葵花的嗓子便哭哑了，直到完全发不出声来。冰凉的泪珠，顺着她的鼻梁，无声地流向嘴角，流到脖子里。她向大河边伸着手，不住地抽噎着。

巨大的悲伤，刻画出了葵花此时失去父亲的悲痛。无声之中饱含着多少深情。

那天下午，太阳被厚厚实实的乌云遮蔽着，不一会儿，狂风大作，接着便是暴雨。傍晚风停雨歇时，只见一地的葵花，一株株皆落尽金黄的花瓣，一只只失去光彩的花盘，低垂着，面朝满是花瓣的土地……

暴雨后的葵花地留给人的是无尽的感伤。景物的描写与人物命运的发展是暗合的，互为映衬的。

天上有一轮清淡的月亮。粥很稀，月亮在碗里寂寞地晃荡着。

“寂寞地晃荡”让人心酸，语句不多，但让人心领神会那种清苦，可见用对一个词会产生怎样的力量。

已是秋天，那茅草经了霜，色为金红，根根直立，犹如铜丝，风吹草动，互为摩擦，发出的是金属之声。一望无际，那边是海，

茅草色变、声响，这就是秋之景，视觉听觉的双重感受，拟人、比喻等

浪是白的，这边也是海，草海，浪是金红的。海里的浪涛声是轰隆轰隆的，草海的浪涛声是呼啦呼啦的。

多种手法并用。

抓棍子的男孩，没有立即从地上爬起来，他要等那几个孩子过来将他扶起来。那几个男孩突然明白了他的意思，便立即过来，将他从地上扯了起来。他觉得那几个孩子的动作有点儿慢了，很不满意，起来后，一甩胳膊，将他们推开了，弄得那几个孩子很尴尬。然后，他用棍子一下子一下子地敲着自己的手掌，绕着石磙转了一圈，突然扬起棍子，朝青铜劈杀了过来。

动作的描写，突出了男孩的气急败坏。“抓、爬、扶、推、绕、扬、劈”一系列动词的运用，干净利落。

大网结在他们家屋后的桑树与楝树之间。那只蜘蛛很好看，是深红色的，停在网上时，就像一朵小红花。早晨的蛛网上挂着一颗颗细小的露珠，太阳升上来时，露珠与蛛丝一起亮，一根根地亮，一点儿一点儿地亮……

状物：网形，网色，都清晰生动。

摸过那些藏在泥底下的茨菰。那些小家伙，都大大的，圆溜溜的，手碰着，心里都舒服。

状物：大而圆溜溜的茨菰，可爱。

它们的样子很优雅。逮住一条小鱼之后，它们会用长长的嘴巴夹住，来回甩动好几下之后，才仰起脖子，将它慢慢地吞了下去。

鱼鹰的动作描写很有特点，夹、甩、仰、吞，连贯的动作。

嘎鱼上身穿一件肥大的黑棉袄，下身穿了一件同样肥大的黑棉裤。他坐在那里时，葵花看了他一眼，忽然想到了马戏团的黑狗熊。

抓住特点，联想可信。

鸭子们心想：主人哪里去了？它们心里有点儿发虚，就叫着，拍着翅膀，朝岸上爬去。岸有点儿陡，它们不住地跌落到河中。它们似乎已经习惯了这种跌落，抖抖羽毛上的水珠，拍着翅膀继续往上爬。前赴后继、不屈不挠，终于一只一只地爬到了岸上。它们看见了似乎睡着了的主

拟人手法的运用，写出了鸭子们的惶恐。可见，写景、写物并不是单纯的写景写物，更要写人写情，烘托、映衬人的感情、感觉。

人，放下心来，在他周围的草丛中开始觅食。

他挑其中不大不小的，最合他心意的冰凌，然后将三四寸长的一根细细的芦苇管，一头衔在嘴中，一头对着它，用口中的热气，不住地吹着。那热气便像一根柔韧的锥子，在那颗冰凌上慢慢地锥出一个小小的、圆圆的洞来。吹穿一颗冰凌，大约需要六七分钟的时间。

制作的过程虽然很原始，但是充满了关爱，是一种美的体现。

那些“钻石”，随着太阳的西移，也在改变着光的强度与颜色。到夕阳西下时，它们的光，竟是淡淡的橙色。

油菜花一嘟噜一嘟噜地盛开，到处是蜜蜂，到处是蝴蝶。麦子长得茂密，秆儿粗壮，麦穗儿，像松鼠的尾巴一般，粗粗的，毛刺刺的。

状物写景，比喻运用贴切生动。

这些土黄色的虫子，落在泥土上，几乎与泥土一模一样。

对蝗虫的外形、颜色、特性，

但在飞翔时，都露出一种猩红的内翅，就像空中飘满了血点儿，又像是一朵朵细小的花。它们不喊不叫，落下来之后，不管三七二十一，就开始咬啮，见什么咬什么，不加任何选择。

描写细致、形象。

他又想：我手里要是有一杆猎枪就好了！他又想：要是我在它们落下来之前，潜下水就好了！……时间也不知道过去了多久，他还是很痴迷地看着这几只无忧无虑的野鸭。

内心世界的描写。

天上的云，变化万千。但在两个孩子眼里，它们却成了黄灿灿的麦地、金浪翻滚的稻田、一棵高大的柿子树、一只鸡、一只鹅、一条鱼、一大锅翻滚着的豆浆、一只大西瓜、一只大香瓜……

饥饿让他们产生了对美味的向往，又在向往中体现了他们对彼此的关爱。

河边的芦苇叶上，有一只纺纱娘在颤翅鸣叫。它的叫声显得孤独而单纯，使喧闹的夏季变得

这段描写渲染出贫困。写景状物是为了表达、反映

有点儿清静。

青铜终于意识到成绩单在他手中飘落了，就跑过去追它。他在冰上摔了一个跟头，才将它捉住。他愤怒地抖着成绩单，一路踉踉跄跄地走了回来。他将成绩单一个劲地在葵花面前抖着，发出刷刷刷的声音。

《青铜葵花》韩译版

人的生活、情绪，不是没来由的。

青铜的动作描写，表现了他的焦急，“追、摔、捉、抖、走、抖”，一系列动词流畅生动。

名师课堂

体验苦难 感受至爱

——《青铜葵花》阅读教学展示

南京市力学小学　李　琳

一、开篇引言

写《芝麻开门》的作家祁智曾和一个小朋友有这样一段对话——

“叔叔，你希望有人敲门吗？”

“希望。”

“那我去敲门，你会开门吗？”

“当然开门。”

“我要是晚上敲门呢？”

“我讲故事给你听，你讲故事给我听。”

“那——我怎么才能找到你呢？”

“我就在书中等你。”

“我就在书中等你”，这是作者与读者的心灵约定。作家的心血与智慧化为翩翩的文字，一如蛹羽化为蝶，充满浪漫与艰辛。他永远静静地守候在他的书中，等我们轻轻扣击柴扉。我们展开书页，其实是在走进作家的心田，去赴一个不见不散的约会，我们的目光走过文字，其实是在和作家亲密地对话。

二、内容浏览

这个假期，我们一起阅读了曹文轩的纯美小说系列之一的《青铜葵花》，隽永的文字，真挚的情感，把我们带进了青铜葵花的世界。

1. 谁来说说这部小说的主要内容?

2. 你知道作者为何以“青铜葵花”作书名吗?

【①是小说里的两个主要人物；②是葵花的爸爸一生最钟爱的雕塑艺术最主要的表现形式；③象征着完美的人间至爱……】

三、精彩情节再现

1.《青铜葵花》让我们体验了苦难，更让我们感受了至爱，在这部作品中有哪些内容你现在还记忆犹新呢?

教学预设：

精致温暖芦花鞋

晶莹剔透冰项链

璀璨闪烁南瓜花灯

稻香渡里看马戏

温馨明亮纸灯笼

…………

2. 在这些动人的情节中，哪些内容给我们留下了刻骨铭心的记忆和震撼心灵的感动呢？

让我们再重温芦花鞋的故事。

教学示例：精致温暖芦花鞋。

让我们一起仔细看看青铜一家精心编制的芦花鞋吧。

◇ 这两双芦花鞋，实在是太好看了。那柔软的芦花，竟像是长在上面的一般。被风一吹，那花都往一个方向倾覆而去，露出金黄的稻草来，风一停，那稻草被芦花又遮住了。它让人想到落在树上的鸟，风吹起时，细软的绒毛被吹开，露出身子来。两双鞋，像四只鸟窝，也像两对鸟。

这些芦花可是哑巴哥哥青铜一只一只、一缕一缕采来的啊！

◇ 青铜拿着一只布口袋，钻进芦苇荡的深处，挑那些毛绒绒的、蓬松的、银泽闪闪的芦花，将它们从穗上捋下来。头年的不要，只采当年的。那芦花很像鸭绒，看着，心里就觉得暖和。芦荡一望无际，芦花有的是，但青铜的挑选是十分苛刻的。手中的布袋里装着的，必须是上等的芦花。他要用很长时间才能采满一袋呢。

■ 无语的青铜其实有着丰富的内心世界，

他在采摘芦花时会联想到哪些呢?

◇ 走着走着，青铜放慢了脚步。他的目光垂落在了自己穿在脚上的那双芦花鞋上。雪在芦花鞋下咯吱咯吱地响着。他越走越慢，后来停下了。他看看天空，看看雪地，最后又把目光落在了脚上的芦花鞋上。但心里还在颤颤抖抖地唱着歌。

他觉得双脚暖和和的。

但过一会儿，他将右脚从芦花鞋里拔了出来，站在了雪地上。他的脚板顿时感到了一股针刺般的寒冷。他又将左脚从芦花鞋里拔了出来，站在了雪地上。又是一股刺骨的寒冷。他弯下腰，从雪地里捡起了一双芦花鞋，放在眼前看着。因为是新鞋，又因为一路上都是雪，那双鞋竟然没有一丝污迹。看上去，还是一双新鞋。

■ 同学们，让我们置身于那鹅毛大雪漫天飞舞的世界中，赤足站在天寒地冻的雪地里，想象一下，如果是你，会怎样呢?

3. 书读完了，可我们还沉浸在那美丽的意境里，掩卷沉思，情思飘拂，青铜无语，葵花灿烂，他们历经苦难，付出真爱，创造美丽，你愿意是青铜……你愿意是葵花……吗?

四、文字赏析

《青铜葵花》的确是纯美小说，那美的故事打动着我们，而那优美的文笔更是使我们流连忘返，作品里哪一段你最爱读、最能感动你、你最欣赏？请同学们读一读，说一说。

《青铜葵花》阅读教学展示课

五、总结提升

1. 读了《青铜葵花》，同学们写了许多读后感，深深地感染着我，字字句句撞击着我的心灵。我们一起来读读。

◆ 我真的好想做一回葵花，做一回那个聪明活泼、懂事贴心的小女孩，做一回那个善解人意、惹人怜爱的小女孩。

◆ 青铜用汗水换来妹妹开心的笑声，用疲惫换来妹妹一次难忘的记忆，而妹妹的笑就是他最好的回报。那让妹妹骑在肩上的样子就是我心中哥哥的姿势。

◆ 青铜把萤火虫放在南瓜花里，做成了

十盏明亮的南瓜花灯，这是大麦地最亮、最美的灯。它胜过了任何一家灿烂的灯火，它把一家人的心点亮了，把葵花的心点亮了，哥哥用他的爱做了一份最温馨、最明亮的心灵之灯。它发出的光把我的心照得亮堂堂的。

◆ 爸爸告诉他们何为苦难，何为坎坷，何为美丽；妈妈教会他们不要向困难低头，要在风雨中成长；奶奶让他们懂得困难的真谛，美的纯净，爱的伟大；老牛带给了他们美丽的回忆，战胜困难的力量和无穷的爱。他们一家用美构成了一个美丽的故事，用爱画出了一条美丽的轮廓，用灾难写出了美丽的感动。

◆ 我想，在葵花心中，青铜是一堵墙，一座山，一个永远的避风港！这个哑巴哥哥就是她心中最伟大的人。

2. 作家的心血和智慧化为翩翩的文字，他永远静静地在书中等我们轻轻扣击柴扉，在书中你和作者相遇了吗？《青铜葵花》让你懂得了什么？

3. 同学们，读书就是这般美好愉悦，真乃人生一大乐事。亲爱的同学们，来吧，带着你们的渴望，带着你们的梦想，带着你们的追寻，走到书里来，这里有世间最迷人的景致，这里有人间最动人的情感，这里是一个美好的世界。

《青铜葵花》

——纯美的享受

金惠江

上个星期我们05小语骨干教师培训班的全体学员在力学小学开展了第二次的实践活动，力学小学为我们展示了三节课，其中李琳校长上的一节《青铜葵花》的课外阅读指导课，给我留下了太多的震撼，太多的羡慕，太多的回味。

记得还是在南师附小，听完曹文轩先生的报告，我也买了一本《青铜葵花》。那天，从傍晚到深夜，我被这浸透着苦难，散发着馨香，流露着纯美的故事深深地感动着，打心眼里希望成长的岁月里有一个青铜这样的哥哥呵护着，疼爱着。

那天在力小，李琳老师和他们班的学生又一次地把我们带进了那无边无际的芦苇荡，带进了那金灿灿的葵花田，带进了那民风淳朴的大麦地，带进了葵花妹妹晶莹剔透的泪光中，带进了青铜哥哥赤诚火热的心灵里。听着孩子们回忆着故事的细节内容，畅谈着读后的点滴感受，我也在重温着苦难，感受着至爱。心底深处更不由升起对李琳老师和她的学生的佩服，佩服他们读书之细，一个眼神，一句独白，都没有滑过他们的眼底；佩服他们的感受之深，盈盈在眼底的泪光是他们与作者内心的感应，切切于言表的感受是他们对故事的升华。一直记得一个学生在他的读书笔记里这样写“我觉得青铜哥哥让葵花妹妹骑在他脖子上的这个姿势，就是我心中哥哥的姿势”。是啊，我想说的是，这也是我心中哥哥的姿势。

葵花　张慧婷绘

这虽然是一节课外阅读指导课，可是我觉得它带给学生的远不止一节语文课所能给予的。我想哪怕一个学期精心准备一节这样的精品课、艺术课也是值得的，它留给学生的印象是难以磨灭的，它带给学生的精神财富是无法估量的，它让学生养成的良好的阅读习惯是令人受益终身的。我也决心尝试着，引领我的学生走进文学的殿堂，在纯美的文字里感受人间至情至爱。或许，他们并不能感受得那样深刻，领悟得那样唯美，但哪怕只是一点点的感悟，也是我的孩子们用心碰撞的火花，我会珍惜，我会欣赏，我会牵着他们的小手，和他们一路欣赏文学的风景。

青铜与葵花　张慧婷绘

山羊不吃天堂草

★全国精神文明建设"五个一工程"奖
★中国作家协会全国优秀儿童文学奖
★宋庆龄儿童文学奖金奖
山羊不吃天堂草
曹文轩 著
国际安徒生奖得主曹文轩纯美小说系列
江苏凤凰少年儿童出版社

倾心导读

《山羊不吃天堂草》中的语言艺术

朱家雄

曹文轩创作的长篇小说《山羊不吃天堂草》，是中华当代少年文学丛书之一。读了这本书，我的感触就像球状仙人掌的叶刺，纷然地向四面空中伸展。之所以有这种感觉，是作品提供给我们的思考角度很多的缘故。

我要谈的是作品的语言艺术。我们知道，文学是语言的艺术，语言是文学的第一要素。语言是文学作品的建筑材料，没有语言，作品只能是无处栖身的空中流云，落不下建筑一般的实体模样来。面对这样一部有特色的作品，我以为到它的语言宫殿里去观赏、漫步，一定是件惬意爽心的事。

清清的浅溪，心灵的滑翔

曹文轩的这部小说的语言风格是：流畅、平易，于朴实中显出风味。

我们在阅读中感到作品的语言很顺利地流过我们，绝没有故意为难的巉岩怪石，耸立在我们面前挡住去路，叫我们绕道而行或者使尽心机方获准通过这类事。你尽可一口气顺顺当当读下来，在语言的清丽流畅中做心灵的滑翔，并随着故事的发展，情节的起落做几个俯冲和上仰，这时你的心底是舒坦明亮的。

踩着语言前进，就像过一条清清的浅溪，光着脚丫子，踩着溪底圆实发亮的鹅卵石，大大小小的鹅卵石向身后退去，你发现自己不知不觉地涉过了一条小溪。在涉水时，你偶尔一抬头，总能看到一些岸边的花，缤纷地开在那里，叫视野鲜亮，叫感觉新颖。

我是说，在小说流畅、平易的语言中，你不时会发现一些漂亮的句子，就像发现岸边的一束花。这些花为这景致平添了不少风韵。

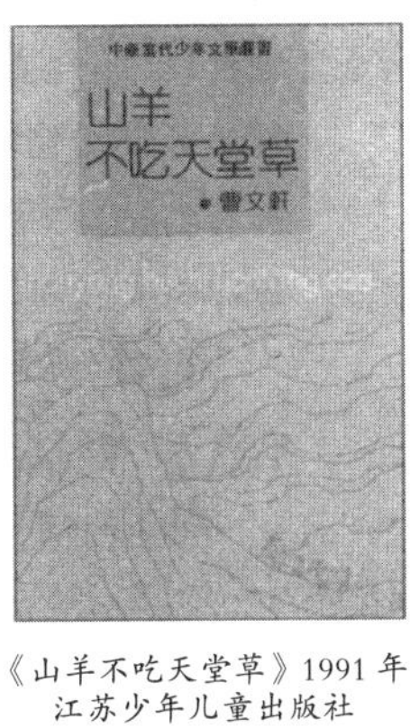

《山羊不吃天堂草》1991年
江苏少年儿童出版社

比如写炊烟冒出农舍时的情景，“远远地看，仿佛那房子是冬天里一个人长跑后摘掉了帽子，满头在散发热气”，房子、炊烟与长跑的人风马牛不相及，当两种颇有距离的事物嫁接在一起时，往往能产生特殊的效果。山羊倒下去，“那情形像石灰墙被雨浸坏了，那石灰一大块一大块地剥落下来”，两种事物与现象的拼接是出人意料的，这种陌生化效应带给读者以惊喜，也显示出作者经营句子的独到造诣。这样点缀清溪的岸花实在不少，它们基本匀称地散落各处，从而使每一片视野都可保持鲜亮。比如写山羊额头的毛轻轻打了一个旋，“细看时，觉得那是一朵花”，一朵花的印象是以跳跃的姿态扑入你脑海中的，突兀而新鲜。再看，山羊“鼻尖是粉红色的，像是三月里从树枝下走过，一瓣桃花落下来，正好落在了它们的鼻尖上”，桃花，这个意象是美的，绯红的桃花以三月的姿态飘落在这句子里，句子里就有了一片绯红的诗味。这些句子还有不少，平易流畅的语言在实际上成了扶持这些岸花的绿叶，在一片朴实的绿丛之中冲出点点红花，谁都知道这种效果的良好。这其实是一种布局的艺术，你的语言要讲究错落有致，太过藻饰反而不及，太过平常又觉无味，正是这点缀清溪的岸花所体现出来的韵致最令人赏心悦目。

神来之笔的比喻

曹文轩在这本书中显示出了他对比喻的钟爱，这些比喻是属于曹文轩自己的，因而有新意，有惹人注目的姿态。他的比喻有一个特点，多以各类动物作为喻体，这类比喻很形象，很传神。动物可掬的憨态含着幽默，作者的比喻更是神来之笔，这样我们就看到了动物们的造型，叫人欣喜的姿态。

先看一个鸡的系列。写三和尚的累态，“那样子像一只被啄掉了毛已无一丝抗争力量的公鸡”；明子未中大奖，受到不小的打击，他“像只失去窝巢的公鸡歇在阴影里”，这些鸡够疲软的。又如写黑罐捡破烂，“像一只总爱一处刨食的鸡那样，在垃圾堆里翻找”，这鸡够猥琐的。有大鸡，还有小鸡。“几枝新芦花慢慢从芦秆中抽出，仿佛刚刚出壳的鸡雏一样来到了还微带凉意的空气中”。再有明子握住手的感觉是“像小时候到草垛去抱草，发现两只小鸡雏，他一只手捉住了一只”。这些小鸡都给人毛茸茸的感觉，小鸡那种稚憨之态着实惹人怜爱，依附在句子中让人连这句子也想动手摸一摸。这些带鸡的句子有一些，但每一句都有自己的捕捉角度与表现方式，这是作者语言能力的显示。我想曹文轩一定是看鸡看多了，只看得胸有成“鸡”，故而笔下运作时不需以食相诱，也会有鸡群跑到读者眼前来。

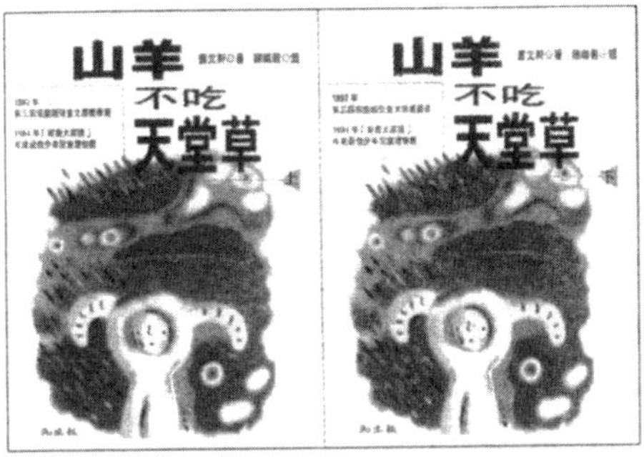

《山羊不吃天堂草》上、下册　1994年　台湾民生报社

还有别的家禽。卖奖券者手持奖券，“像叼了一

条蚯蚓的鸡”，而跟在后面看中奖与否的人，则像“无数空肚鸭在后紧紧撵着”，这些比喻散放着生活土壤中的气息，我们不得不赞叹作者对生活现象巨细无遗的观察，平常的事物、现象，在作家笔下却能奇妙地变幻，显得出人意料，新颖诱人。生活现象与语言表现之间的空白，正是作家向成功跨越所必过的空间，这一空间是作家寂然凝思的空间，是灵感迸发的前期宁静，作家的艺术水平就决定在这种内心劳作的质量上。

跟在鸭后面的是鹅。据说狗是狼的舅舅，猫是老鼠的师傅；我琢磨鹅大概是鸭的表哥吧。不管是表哥还是堂弟，反正它们一起出场了。明子师徒三人在城市的人流里漂，“总像灰鸭子与一个庞大的鹅群相遇，在鹅群中慌慌张张地游着，最后鹅游走了，他们留下了，互相发现了，又扑着翅膀游到了一起”。看来，这两兄弟隔阂不小。

《山羊不吃天堂草》拼音版 2008年
江苏少年儿童出版社

到底是家禽，有翅不能飞。看看飞的：师徒三人夜里踩船，船“长了翅膀一样，在这夜空下贴着水面疾行，像一只难以起飞的巨大水鸟”，巨大水鸟给人的印象也是巨大的。明子累了，坐在人家门口，男户主出门

《山羊不吃天堂草》韩译版

时看见明子"像一只晚间停在途中一户人家屋脊上的远飞的鸽子受了惊动，本能地朝一边躲闪着"，明子的累被语言呈现在了眼前。再比如，作者写等活的木匠们，"一个个如同飞累了的鹤，神情漠然地立在路边上"，这群鹤把这群人模仿得惟妙惟肖，尤其神似。又如写围着奖券看的人多了，像"夏日黄昏田野上空随风飘动的蚊阵"。作者把对日常现象的观察折射到语言上去，我们就看到了作者语言的日常化风味。作者凭日常生活带给语言以生机。越是在平常中越能呈现出语言的功力。

作品关于马、黄鼠狼等喻体的比喻都很精彩，比如写水中水草，"一团团甩动，如同奔腾的马群飘动于气流中的尾巴"；又比如写黑罐落水而出，"像只落水而出的黄鼠狼站着，瘦长瘦长的"，限于篇幅，就不再论述。倒是一些凶物不能免提，赌徒们的手指像"正在撕咬弱小动物的饥饿的狼群"。语言是很随和的，像面团，你怎么捏，它就成为什么样；像水，盛在什么器皿里，它就成为那种器皿状。语言制造出狼群的凶恶时，你会感到语言有牙齿，是锋利的狼牙。明子内心斗争的状态作者是这样写的："一个明子变成了两个明子，像两头天性好斗的牛，用了锋利的犄角，毫不留情地抵牾，各不相让。”两头牛一斗，心理冲突就很形象，很剧烈了。作者的语言使人物的内心水落石出。语言是个魔术师，他操纵着作品中的世界，呈现着数不尽的花样，作家怎样捏弄语言，语言就怎样捏弄作品。

曹文轩对语言并不刻意以求，只是顺手写来，自然流畅，平易朴实。而其风味却愈发彰显，引人注目了。从上面的论述中我们感觉到了比喻在该作品之语言中的重要性，而曹文轩于比喻里倚重着动物，看来，曹文轩与动物们关系的密切已非同一般。但我不是说，曹文轩每礼拜都去动物园一次；也不是说，每到大年初一，动物们都去曹文轩家拜年。我只是以动物为线索，试图分析一下其语言的一些特点。

一笔尽得风流

对这部小说，我还有一点体会，就是作者的感觉力特别强。

作者写赌博的气氛写得很成功。赌徒的目光“仿佛有哧溜溜的燃烧声”，那份紧张，那种一触即发的局面，真是一笔尽得风流。这种紧张气氛连旁边的明子也“仿佛听见了好几只心脏榔头一样敲击着胸膛”，着墨不多，紧张的气氛却被语言充得很足。这里写赌博的成功，其实是写紧张气氛的成功，实质又是感觉的成功。黑罐赌输了，想方设法弄钱，甚至蹲下身去拿瞎子的钱，

"他慢慢地像一支融化的蜡烛矮下身去"，这个句子的确新鲜，它仅仅为我们展开了一个姿态，如雕塑，顿时就给我们一个强烈的印象。这种句子对感觉的刺激性很强。

明子买的奖券大都是"谢谢您"的字样，这字样变成了声音，"仿佛听见一种勒住脖子以后发出的声音"，这是视觉向感觉的偷渡，好的语言能把几乎是只能意会的感觉清澈见底地展开来，作者使我们清晰地看见了明子的内心感受。揭奖券上的锡封时的那份小心翼翼，"像是揭开黏在伤口上的胶布条"，叫人感到不由自主地担心，这种担心只一笔就显得很贴切，想着马上就是一撕，伤口绽开，血！作者在把感觉向我们传递。语言是一种导体，人物内心的电流通过语言这一导体传到读者的内心，读者受此电流袭击也就不会安稳，而要心有戚戚焉了。好的语言具有静电复印功能，能把人物深层的状态复印出来，散发给每一位读者。曹文轩这些类似清溪边的岸花的语言，在传导人物内心感觉时是清晰的，准确的。

曹文轩题字

再如写明子的欢快，明子在大街上旋转起来，"感到天旋地转”,“眼前的树木在一排一排地倒下去又站起来”,就像电影中的人物晕倒之前的感觉,天空、阳光、树梢、山峦、房屋、行人都在旋转,不写人物,而写物在动,这是以人作为中心,感觉以此为源而辐射四周。一些描写性的东西我以为说是展现人的感觉更好。“太阳的轮廓清清楚楚的,像剪子剪的一枚圆形的金属片儿”,一种静态的美,宁静的美,似客观世界,更似主观世界里的景致。“夕阳越来越低,越来越大,像一只圆形的红色的风筝在坠落”,这更像一种主观感觉,慢镜头的,动态的、朦胧的感觉,那夕阳撑开伞辐径直向感觉降落下来,像一位天外来客,突如其来,英姿动人。我们看到,作者良好的感觉能力埋伏在其语言中,十分隐蔽,我们要做细致的搜索,才能使之露出光泽。感觉是一种敏感的触角,它向事物周密地蔓延过去,捕捉那些最突出的部分,并在强化之后,通过语言以出奇的方式表达出来。具有这种感觉力和表达力,也就有一个好作家的素质资本了。

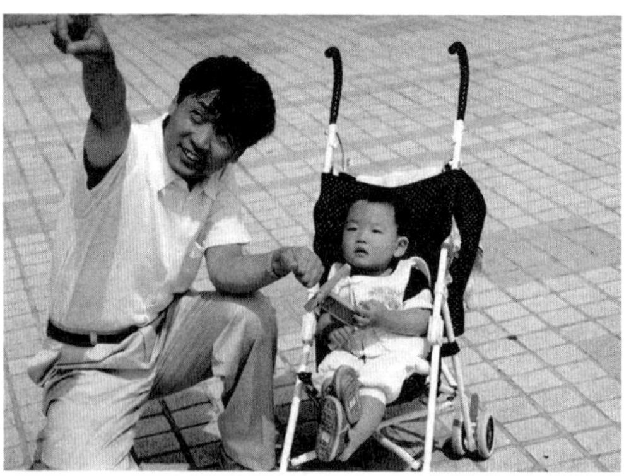
和小儿子一起看风筝

我想再次重申,这部小说的语言风格是:流畅、平易。我想提醒一点，平易流畅在当代文学的喧嚣中是极为可贵的，这需要一种处变不惊的冷静。中国古代的文学家中，很早就有人提倡以流畅洗练的笔墨展示朴实平易的文风，并且身体力行。比如晋代的陶渊明、唐代的白居易，他们诗歌的特色就是朴实、平易、自然、流畅。又比如韩愈的散文就有“文从字顺”的一面。尤其是宋代，有王禹偁、苏舜钦等一批人为朴实平易的文风呐喊，提倡“元白体”，以欧阳修为首的宋代古文六大家也以自己的创作为宋代文学奠定了平易、畅达的文风。文学史上这样的作家很多，他们以平易、舒畅之风缀名文学的天空，这无疑是在证明，这样的作品在文学史上是立得住脚的。

孩子为《山羊不吃天堂草》做的海报

评论热帖

山羊不吃天堂草

《山羊不吃天堂草》通体充溢着道德和正义的昂扬气韵，回旋着人格力量最终胜利的铿锵节拍。而与此同时，作品又将人生、生命、命运、哲理糅合其间，透过成长中的明子那双不甚分明的眼睛，真切又保持距离地呈现出来自生活本真的影像。成长的孩子与流动的生活，本身就是一种永恒的主题，两者之间的摩擦和碰撞也永远伴随成长的过程，成长的美妙声音同样夹杂着拔节般的痛楚，这些在成长中的孩子们心底都是有着深深感应的。

所以我说，《山羊不吃天堂草》引领我们触摸成长，同时也成就了一种永恒。

——云的秋千　《触摸成长——读〈山羊不吃天堂草〉》发表于 2004 年 11 月 28 日　小书房网站

明子、黑罐和三和尚是坚强的。虽然他们在老家是很有名气的木匠，但他们在城里却过着低下的生活。他们住的是简陋、狭小、他们自己搭的小窝棚；吃的是饭店里的剩饭和干巴巴的馒头，为此，黑罐还患了严重的贫血症。他们生活在人们高傲、轻蔑、鄙夷的目光下，却没有一丝一毫的畏惧和自卑。

他们，体现了一种坚强。

——张伊然 发表于2005年7月24日 杭州知行小学网站

每个人的内心都有一个天使和魔鬼在搏斗，天使战胜了魔鬼，这个人就是一个善良的人；反之，这个人就是一个恶毒的人。人应该努力让自己内心的那个天使主导自己的灵魂。这个道理在曹文轩的《山羊不吃天堂草》中得到了很好的诠释。

《山羊不吃天堂草》可被划入成长小说范畴。它叙述了主人公明子由青春期走向成熟艰辛而漫长的心路历程。其间，他的内心一直有两个"我"在不断地厮杀着，最终天使战胜了恶魔。

——《灵魂在善恶之间徘徊》发表于2005年5月11日 三味书屋

回顾本书，我没有见过山羊，也不清楚天堂到底有没有草。也许这是很肤浅的解析，凭我的理解，山羊是一种外柔内刚的生物，就像书中的明子是一个外表平凡、内心热血沸腾的少年；而天堂草是极其高贵奢侈的食物，往往可望而不可及，但有时也会出人意料地让你轻而易举得到它，但亦有几只山羊放弃近在咫尺的食物，如同明子把自己的活让给别人，这其中，有一种让人激动的热情，正是有了这种情感，才得以使他提升了自己的思想境界。有些人无法理解为什么有人要抛弃已经到嘴的美味，其实每个人只要检验一下自己曾经经过的里程碑就可领悟，这是自己人生的准则。

有这样的言论：人生就是一条道路，每隔一段会有一个里程碑，提醒你下一段无从知晓的旅程。我不知道要跋涉多少道路才会出现下一个里程碑，但我敢说，每一个里程碑都是不一样的，你必须遵照上面的忠告，才能在下一段旅程中获得成功。

——快乐阳光　发表于2004年1月31日　创新作文网（小学版）

1996年3月　与台湾著名作家林良先生在一起

阅读现场

但那个厕所总是朦朦胧胧的。他好像从没有见过这个厕所。他有点犹豫不决。他想让自己拿定主意，可头脑模模糊糊的，生不出清醒的意识来。尿越来越憋人，小腹一阵阵刺痛，伴随着，还有一种麻酥酥的感觉。他搞不清楚自己的这泡尿是撒呢还是不撒。他觉察到自己的身体很沉重，仿佛被捆绑了似的。他想挣扎，可意念似乎又不特别清楚。

梦中的情景以朦朦胧胧的感觉来体现，又用了一系列身体感受把这朦胧的感觉写得那么真实。

这里有一座高大而古老的天主教教堂。教堂顶上，那个十字架在反射到天空中的半明半暗的灯光中，显得既哀伤，又庄严神圣。

教堂有教堂与众不同的特点。

如果用勺去搅动一下粥盆，会瞧见盆中翻起的水花，在水花中稀稀拉拉地翻动着米粒。

生活的艰难从饮食即可窥见一斑。

他们太相像了，一样的脸色（粗糙，贫血，缺乏光泽，呈黄黑色）。一样的表情（木讷，目光呆滞，脸部缺乏活跃的情绪）。他们的衣着也差不多，还是十多年前这个城市里的人也曾穿过而今绝不会再穿的衣服。令人不可思议的是，他们的身材几乎是一律的矮小。他们或坐在马路牙上，或交叉着双腿倚在树上，或坐在新买来的破旧自行车的后座上。他们与城里人明确地区分开来，就像一捧大米与一把赤豆那样差别分明。

抓住了路边瓦工、木工的特点，描写真实。这种描写源于细致的观察。

大街两旁的重要的、高大的建筑，由无数灯泡勾勒了轮廓，仿佛镶了金边。它们在深蓝色的天幕下，鲜明而又遥远地矗立着。电视台的发射塔的顶端闪着红光，那红光之高远，仿佛与天

以最有代表性的建筑特征来表现城市的繁华，还有对灯光的着重描写。五光十色的不仅仅是这些灯，还

幕上的星星混淆在一起了。有几家大饭店，被一种专门的灯光前后左右通体照亮，那光是乳白色的，大楼感光后，就变成了银蓝色。大大小小的商店、饭馆，皆亮起五颜六色、梦幻一般的霓虹灯。夜幕下，无数的轿车用红色的尾灯，在淡淡的雾气中，画出一条条红线。一街流淌着炫目的灯光。

有城里人的生活和心。

只见领头的举起斧头，轻轻地一击送钉，那送钉又正巧打在钉上，就发出“叮”的一声。斧头再举起，再击，这一回比头一回力重。随着第三声“叮”，所有的斧头齐刷刷地击下去。不是随便击的，有一定的谱，过去的木匠都得学，都得记住。那谱是这样的：叮叮答、叮叮答、叮叮叮叮答，叮答、叮答、叮叮叮叮答，叮叮叮、答答答，叮叮叮叮叮、答答答答答，答答叮……

富有特征的工作，以其工作时的声响来写。

明子夹了一块，直觉得那块

比喻形象贴

在筷子上打滑的肥肉，活像一只白白的会蠕动的大肥虫子，心里禁不住一阵恶心。

切。

暮色笼罩着工地。一座大型建筑正在施工之中。吊车的巨臂，直升入高高的半明半暗的空中。到处堆满了建筑材料：钢筋、水泥、木材……已有几盏发蓝的工地用灯亮起，把乱糟糟的工地照得如同在魔幻里。

暮色的工地，以吊车、钢筋、水泥、木材……这些特有的物品来组成。

那些高大的建筑物，从模模糊糊中显现出来，轮廓逐渐分明，直至刀切的一样，突兀在人的视野里。教堂的钟声也从浑浊变为明朗，顶上的十字架仿佛是用吸饱墨汁的排笔在天幕上新刷上的。冻得发白的泥土开始湿润变黑。白杨树干向阳的一面，开始泛潮，微微发出绿色的光泽。湿乎乎的阳气，正在无垠的空间里生长着浓厚着。

写景要抓住该景物的特点，才能让读者有如见其形的感觉。曹老师总是能运用比喻、类比、联想等方法把不可感之物变为可感之物。

此时，大河两岸的垂柳已飘

护城河：有河

动起千条万条柔韧的枝条，远远望去，像是绿色的雨丝，又像是笼在绿色的云雾里。河水在春天的阳光里流淌着，水中的水草，一团一团地甩动，如同奔腾的马群飘动于气流中的尾巴。流水和潮湿泥土的气味，飘散在近处的空气里。

水，有树木，有泥土的气息。

紫薇早等在那里了。他把板车从车棚里推出，把紫薇扶上去，然后，蹬起来就往医院去。一路上，他很少说话，但心情很快活，蹬起来十分卖力，瘦瘦的屁股常常离开了坐凳儿，两只肩胛一上一下，像发动了的机器似的。遇到上坡，他就拼命地蹬那两条细腿，屁股越发地离开了坐凳。他为自己能在紫薇面前显示这样大的力量而感到兴奋。下坡时，他任那板车自由地冲滑下去。那时，他直觉耳边风呼呼吹过，不禁把平平的胸脯挺直，把头抬起来。每当紫薇问他累不累时，他从不说累。

明子蹬车的描写抓住了他卖力的情形，卖力是因为有紫薇作动力。

五月的河流，更是迷人。它不知从何而来，又流向何处，长长的，在前方很优雅地打了一个弯儿，飘向了远方。月光下，它是朦胧的蓝色，那细柔的流水声，在岸边一块露出的石头旁响着，隐隐约约的，可见水中间有几个人在用大轮胎做成的皮筏上，正在撒网打鱼。

河流的描写让人感到是宁静和安怡的，由此可以猜测人的内心也该是宁静和安怡的吧。

《山羊不吃天堂草》插图　朱成梁绘

根鸟

倾心导读

在路上

中 原

中国的文学似乎从来都是不能忍受“无所事事”这一主题的，它也不能容忍其主人公永远在路上。严格地说，中国并没有路上文学、流浪文学或梦幻文学这一传统，尽管《西游记》中所有的故事都发生在路上，但最终却是要取经成佛的。孙悟空再怎么变也逃不出如来佛的手掌心，中国的文学头上也牢牢地套着无法摘脱的紧箍咒——“文以载道”。上世纪八十年代以来，伴随着文学史的不断重写和文学自觉意识的不断提高，我们却总能听到一些强有力而又令人悲哀的声音：“作家应关注改革题材、环保……作家也应写一写下岗文学。”中国文学长久深陷实用主义的泥淖，这是它难以平步青云、扶摇直上的深刻原因。

因此，中国人也就不能真正认同“塞万提斯或狄德罗的幸福的无所事事”（昆德拉语），也无法真正欣赏《堂吉诃德》和《宿命论者雅克和他的主人》这两部被作为一场伟大的游戏来虚构的小说。在长期的误读中，《堂吉诃德》这部既轻松又伟大的作品被异口同声地指认为文艺复兴时期批判现实主义的杰作，这种误读也同样发生在巴尔扎克身上。到底哪一个是真实的巴尔扎克：时代的书记官抑或是天才的魔法师？高老头或是拉斯蒂涅真的栖居在十九世纪巴黎的某个角落吗？和塞万提斯一样，巴尔扎克用他八十卷煌煌大书骄傲地捉弄了我们。生活中的巴尔扎克极端地漠视现实世界，令他感兴趣的永远是他自己的意志，当喧嚣的巴黎合上它那炽热的眼睛时，他就像一个梦游者一样指挥着他笔下的千军万马开始作战了。对真正的作家来说，除了虚构和梦想之外，任何别的激情都是一种不可饶恕的迷失。

因此，我们应当把小说看做是一种智慧的游戏，一

《根鸟》1999年
香港文艺出版社

《根鸟》1999年
台湾民生报社

《根鸟》1999年
江苏少年儿童出版社

种高尚而幸福的无所事事，一种对海德格尔所言的“存在的被遗忘”的抵抗。在现当代的文学地图上，我们可粗略在地这条道路上再分出三条小岔：钱钟书和王小波；马原、残雪及余华；沈从文、汪曾祺及曹文轩。

我们说文学是游戏，并不意味着放弃人文关怀的承诺。如果认定文学所体现的人文关怀就是要直接反映当下的现实，如某个大厂的改革或下岗问题，那就是一种狭隘甚至有害的文学观。“现实主义”不等于写“现在”；为今天写，不等于写今天。真正意义上的人文关怀是一种更为广阔和深远的悲悯精神，其核心是探究存在之可能性。而“悲悯”一直是曹文轩小说创作的一个关键词，这种情怀回荡在他近期的三部力作里：《草房子》《红瓦》及《根鸟》。

曹文轩认为：“对思想力量的迷信和对美感力量的轻看，是十足的偏颇。美感与思想具有同等的力量。”他对美被弃置在荒野之上的处境深感痛心，他在自己的文学创作中不遗余力地浇灌出一朵朵“善之花”，用它们的美慰藉现代人干枯的心灵。因此，他的根鸟上路了。

根鸟的上路源于一只鹰和两个梦。他的上路和堂吉诃德一样诡异离奇，然而这并不很重要（我们必须记住：这是一场游戏，它有自己的逻辑）。问题是上路以后，他将面对什么？“他就知道走。既无劳累，也无轻松，既无目的，也无行走的冲动。仿佛他根鸟来到这个世界上，就是要不停地搬动双腿，不停地前行，永无止境。”

在戈壁滩上，他遇到了人生的第一个老师——板金。在荒漠明亮的月光下，板金向他吐露了一个秘密：他来自一个没有梦的家族，"无梦的黑夜，是极其令人恐惧的"。"梦是上苍的恩赐！"一老一少两个寻梦的人在小镇青塔分道扬镳，这以后十三岁的少年将独自遭遇来自外部和内心的欢乐与苦痛：伐木场的艰辛使他眼里有了成年男人的神情；他对长脚的轻信导致他坠入到万劫不复的鬼谷噩梦之中，唯一能温暖他的是浓墨一样的夜里白马的嘶鸣和独眼老人苍凉而荒苦的歌声；慵懒恬静的米溪，迷乱恍惚的温情；糜烂的莺店，流浪途中悄然长大的少年几乎无法抵抗堕落的欲望……

曹文轩的语言一如既往的干净、朴素和纯美。《根鸟》里有大量的景物描写，这是最见一个作家的文字功力的，这也是许多当代作家回避它的一个重要原因。曹文轩对语言优雅而娴熟的运用，为

2009年5月 浙江

我们创造了一幅幅具有中国古代美学意境的如诗如画、如泣如诉的图景。鬼谷里火烧红珍珠的描写是一段精致而娇美的华彩乐章:“火光里,红珍珠一粒粒,鲜红无比,仿佛是妖女在黑暗中看人的眼珠。不一会儿红珍珠就在大火里劈劈啪啪地响起来，仿佛大年三十的爆竹声。被火所烤的红珍珠，一粒一粒在爆裂，果汁在火光里四溅，犹如一只只乱飞的红色蚊虫。”在景物美的映衬下，少年身上放射出的人性之美更是动人心魄：一个孩子为着一个模糊的也可以说“莫须有”的理由踏上了无法预知的茫茫旅途，他单纯、热情、轻信，一个信任的眼神足以让他感动，他孩子似的悲天悯人涤荡了历尽沧桑的成年人混浊的心。当然他也有人性中根深蒂固的弱点：与其说米溪在他身上种下了惰性的种子，不如说这颗种子本来就在我们每个人的身上，稍一松懈它就会如雨后春笋一样不可遏制；他在成长中体验到了生命的空虚、孤独与无聊，几乎沦为享乐的奴隶，他酗酒、豪赌、逛戏园子……正是人性中的这些带有恶的本质的缺陷使我们对生命有了更完整的把握，曹文轩用平静的眼光观望着人性的弱点和生命的残破，让我们在无奈的叹息之余依然不放弃对美和善的执着。

（原载《中华读书报》2000 年 2 月 2 日）

评论热帖

根鸟

《根鸟》实际上不是在讲述故事，而是在故事的叙述中重建生命的根基，并追问生命的意义：生命究竟赖何为生？栖居何地？这是作者曹文轩在灵魂漂泊的二十世纪末中国始终挥之不去的主题。

——徐妍《让生命在宗教情怀中重新诞生》

这是一个关于梦的故事。

小说很短很简单，有像童话一样美丽的景致：月亮、大河、群山、开满百合花的峡谷……也有如童话般的人：善良淳朴的老奶奶、单纯可爱的小女孩、救助根鸟的神奇的老僧人，还有那匹通灵性的白马……但除此之外，小说也真实地叙述了许多人世的丑恶、苦难和堕落。

——施燕《梦之旅——读〈根鸟〉》 原载《新闻出版报》

特别值得注意的是，在小说中，作者特别细腻真实地写出了成长给根鸟那颗敏感、稚嫩、柔软的心灵所带来的重压甚至是痛苦的挣扎，如周围人甚至是同龄人的不理解和嘲弄所带来窘迫甚至是愤怒，必须向人乞讨的事实所带给他的犹豫和伤害，家的温馨和初恋的温柔所带给他的牵绊，以及欲望的萌动。但这些似乎过于沉重的压力却并没有使小说显得笨重和灰暗，因为根鸟还有马，还有梦，还有那个长满百合花的大峡谷在等着他。作者是善良的，他明显地更希望为成长插上梦的翅膀。

——兰君《闪烁着奇幻色彩的成长之路》 原载《光明日报》2000 年 2 月 8 日

《根鸟》是一部介于现实与幻想之间，带点幻想色彩而笔调又很实在的长篇小说。讲述一个少年从十四岁到十七岁的流浪经历。写着字的白色布条、开满百合花的大峡谷、飞动的白鹰、一个名叫紫烟的少女，扑朔迷离而又充满诗情画意的梦境引领着十四岁的少年开始了长达三年的出走、流浪：趟过苍茫寂寞的荒漠，穿过孤独凶险的山谷，走过阔荡无边的草原……终于让整个身体和脸庞埋进了梦中的百合花丛，号啕大哭。作者的叙述始终游离于梦幻和现实之间：如诗如画的百合花谷、神奇的老僧人、富有灵性的白马、世外桃源般的青塔、米溪，一切可以把握的现实似乎都悄无声息地退到了幕后，剩下的则是一种恍若隔世的不真实感。然而就在这迷离怅恍的世界里，根鸟遭受的种种被嘲笑的屈辱、受折磨的痛楚，心灵斗争的隐曲又是如此真切。这究竟是想象的漫游亦或是对现实的把握透视？读者似乎失去了分辨能力，只能跟着根鸟去感受，去体验，去兴奋，去痛苦。也许这就足够了。因为，只要你把目光对准那个坚韧执著、可扪可触的追梦少年，就一定能得到一份感动与了悟。

——岫子《追梦少年》原载《中国图书商报》

小说在很大程度上可以当做一个关于“成长”的寓言来读。主人公少年根鸟在小说中所遇见的各种环境和不同的人物正是对现实人生的高度凝练。

小说的第三章“青塔”讲述了根鸟在这个小镇上的遭遇。他几经踌躇终于战胜自己，决定为了梦想忍受屈辱向别人讨饭：他在这儿的伐木场里学会了靠自己的辛勤劳动去创造生活；他还在这儿第一次见识了无耻的欺骗和强力的掠夺。“米溪”和“莺店”代表的是人生另外两种情境。

全书散发着梦一般柔和的气息，却又不时让你感觉到一种清冷的坚硬。

作者在小说的台湾版的自序中说道：“意义必须是多面的。可以将它看成是一部情爱的启蒙小说，也可以将它看成是一部思考人生的小说，甚至可以将它看成是一部富有哲学意味的小说。”它具有多种阐释的可能，不同的读者基于不同的身份、经历、心境、层次、学养会获得各自需要的不同的东西，但有一点可以肯定的是——你不会感到失望、空手而归。

——沈浩《写在现实与虚幻之间——读〈根鸟〉》原载《文艺报》2000年8月1日

阅读现场

整整一个上午过去了，根鸟连一只麻雀都未能打到。

根鸟坚持背着猎枪，拖着显然已经很沉重的双腿，摆出一副猎人的架势，依然煞有介事地在林子里转悠着，寻觅着。那对长时间睁大着的眼睛，尽管现在还是显得大大的，但目光实际上已经十分疲倦了。此刻，即使有什么猎物出现在他的视野，他也未必能够用目光将它发现和锁定。他的行走，已经很机械，脚下被踩的厚厚的落叶，发出一阵阵单调而枯燥的声响。

对一个极其劳累的人物的描写，既有直接的，也有间接的。关联词语运用恰当。

下午的阳光，倒是十分明亮。太阳在林子的上空，耀眼无比地悬挂着。阳光穿过树叶的空隙照下来时，犹如利箭，一支一支地

阳光，刺眼的阳光。曹文轩总是能用一个个恰当的比喻把不可感的

直刺阴晦的空间，又仿佛是巨大的天河，千疮百孔，一股股金白色的流水正直泻而下。

事、物呈现在人眼前。

那湖泊水平如镜，倒映着天空与岸边的白杨树。空气因为它，而变得湿润。根鸟感到了一种惬意的凉爽。这时，他看到了倒映在湖泊中的鹰。它在天空中盘旋，使根鸟产生一种错觉：鹰在水中。当有微风吹皱湖水时，那白色变成虚幻的一团，仿佛绿水中漫散着白色。等风去水静，那模糊的白色，又变成了一只轮廓清晰的鹰。

景物合一，鹰因湖而美，景因鹰而活。

鹰忽高忽低地飞了一阵，终于落在湖边一棵枯死的老树上。它慢慢地收拢着翅膀。它一动不动地立在一根褐色的树枝上，脑袋微微向着天空。

鹰的动态描写。

根鸟可以清清楚楚地看到这只鹰了：它像清寒的春风中的最后一团晶莹的雪；它的脖子强劲

状物的描写，加上恰当的形象描写，使这只鹰的王有力，脖子上的一圈淡紫的羽毛在阳光下闪着金属一般的亮光，显出一番王者气派；当它的脑袋微微低垂时，它的嘴，像一枚悬挂在海洋中的黑色鱼钩；它的两条腿犹如两根粗细适当的钢筋，它们撑起了一个矫健的形象。

者之美充分地表现了出来。善于运用恰当的比喻。

昏暗的油灯下，父亲的面容显得格外忠厚与慈祥，也显得格外苍老。他喝着酒，并发出一种舒适而快活的滋滋声。喝着喝着，父亲的脸就红了起来——跟灯光一样红。他朝根鸟看着，眼睛里尽是快慰。又喝了几盅，父亲的眼中便有了泪花。他朝根鸟笑着——一种苦涩得让人心酸的笑。

破折号的恰当运用把人物此时的内心也表现出来了。父亲的爱总是隐藏的，有时甚至还会沉重。

这是一个身材瘦长的女孩，瘦弱得像一棵刚在依然清冷的春风里栽下去的柳树，柔韧，但似乎弱不禁风。峡谷里显然有风，因为她站在那儿,似乎在颤动着，就如同七月强烈的阳光下的景

外貌描写抓住了小姑娘的特点，同时经典的比喻使她的形象给读者留下了深刻的印象，给人美和生动的

物，又像是倒映在水中的岸边树木。她的脸庞显得娇小，但头发又黑又长，眼睛又黑又大，使人觉得那双眼睛，即使在夜间也能晶晶闪亮。她好像看见了根鸟，竟然朝他走过来，但走得极慢，犹豫不定，一副羞涩与胆怯的样子。

感觉。

从此，根鸟变得不是絮絮叨叨，就是不管干什么事情都会不由自主地愣神。吃饭时，吃着吃着，他便忘记了自己是在吃饭，筷子虽然还在夹菜、往嘴里扒饭，但心思却全不在夹菜与扒饭上，菜和饭也都进嘴了，又全然觉察不出它们的味道，仿佛菜和饭全都喂进了另一个人的嘴巴。这种时候，他的两眼总是木木的，眼珠儿定定的不动。而有时，不管是有人还是无人，他嘴里就会唧唧咕咕地唠叨，可谁也听不清楚他嘴里到底是在说些什么。

一个人心不在焉，为某事而心神不定时的描写，尤其是木木的两眼，定定的眼珠，唧唧咕咕的嘴巴，形象生动。

由于清瘦，她似乎显得高了一些，她的头发是散乱的，常被卷到脸上，遮住了一只眼睛。她抬起胳膊去撩头发时，衣袖因撕破了袖口，就滑落到了臂根，而露出一支细长的胳膊来。她似乎感到了风凉，立即将胳膊垂下，以便让衣袖遮住裸露的胳膊。

紫烟的清瘦。

空气变得十分干燥，根鸟很快就感到嘴唇的干焦和喉咙的苦涩。到处是大大小小的石头。它们分散着，布满了大地。一眼就能看出，不知多少年前，这里曾经是海洋，海水退尽，无边的洋底从此就裸露在风暴与烈日之下。这些石头与粗砂一起，在那里用劲吮吸着空气里已经不多的湿润。即使是这样，它们还是显出随时要被干裂成碎末的样子。

如何描写干燥？人的感觉，石头在烈日之下的情景。

风从西北方向刮来。在平原，在山里，风来时，根鸟总能看见它们过来的样子：草地、稻或麦子，在它吹过时，波浪一样

状物：风之描写。比喻贴切。

起伏着，树在它的压力之下，飘荡起枝条，水则开始沸腾起来。这一切变化，又都会发出声音。

那时，他早做好了风扑到他跟前的准备。风是看得见的。狂风时，根鸟仿佛看到千军万马在奔腾。那时的根鸟只有一种冲动而并无恐惧。而戈壁滩上的风，就像是一头跟踪了他许久，瞧他已精疲力竭，且又没有任何提防时而猛扑上来的猛兽。戈壁滩上没有草木，没有河流，风来时，竟没有一点显示。原来，风本身是没有声音的。所谓风声，是风吹到阻拦它的物体之后发出的，实无风声。一头无形的且又是无声的怪物，带给人的只有恐惧。

侧面描写突出“风”之声。

月亮飘起来了，像一枚银色的、圆圆的风筝。它真是飘起来的，而不是升起来。这大概是因为荒漠中袅袅升腾起薄雾而形成的效果。

荒漠中月亮的升起与平时所见的月亮升起是不一样的，奇异的美感。

在很沉闷的行走中，根鸟悄悄地打量了这个行者：衣衫褴褛，一顶毡帽已经破烂不堪，背上的行囊简直就是一捆垃圾；脚上的鞋已多处破裂，用绳子胡乱地捆绑在脚上；身体高而瘦，背已驼，脸色苍黑，长眉倒很好看但已灰白；或许脸型本就如此，或许是因为过度的清瘦，颧骨与鼻梁都显得很高，嘴巴也显得太大，并且牙床微微凸出；最是那一双眼睛，实在让人难忘，它们在长眉下深深隐藏着，目光却在底部透出一股幽远、固执，还含了少许冷漠。

人物的外貌描写：衣着的褴褛，毡帽的破烂以及行囊、鞋，抓住行者所特有的破旧、劳顿来表现。

在一座土丘的坡上，他们坐下来，开始吃东西。这时，根鸟又注意到了那双手：十指长长，瘦如铁，苍老却很劲道。

特色描写，双手瘦而苍老，目光固执而冷漠。

转而去看别人了：这里的人，穿着非常奇特，男人们几乎都戴着一顶毡帽，身着棕色的衣服，脚着大皮靴，女人们头上都包着一块好看的布，衣服上配着

人物外貌的描写，虽然有着共性，但与平时所见的人群又有所不同，抓住人群可以与其他

条状的、色彩艳丽的颜色，手腕上戴着好几只粗粗的银镯；这些人脸显得略长，颧骨偏高，眼窝偏深。根鸟印象最深的是那些孩子，男孩们或光着脑袋，或戴了一顶皮帽，那帽耳朵，一只竖着，一只却是耷拉着的，女孩们身着长袖袍，跑动时，那衣摆与长袖都会轻轻飘动起来，无论是男孩还是女孩，眼睛都亮得出奇，使人感到躲闪不及。

人区分的特征来描写。

就在这一刻，他看到了那个半藏在老奶奶身后的小女孩的眼睛。这双眼睛在长长的睫毛下，奇异但仍然十分清纯地看着他。这双眼睛突然使根鸟想到了深夜里的紫烟同样清纯的目光。

唯一不同的是，紫烟的目光里含着忧伤与期望。

人的目光描写，奇异，清纯。

那铁索上铺着木板，高高地悬在江面。它们最初出现在根鸟的视线里时，仅仅是一条粗黑的线。那根线在空中晃悠不停，却

铁索桥的险描写细致。

十分优美。

根鸟从未见到过如此深不可测的目光。那目光来自长而黑的浓眉之下，来自一双深陷着的、半眯着的眼睛。最特别的是那个葫芦瓢一般的光头，在阳光下闪闪发亮，使长脚显得格外的精神，并带了一些让根鸟喜欢的野蛮与冷酷。

光头的描写，突出在阳光下的亮，于是整个人更有精神。即人物描写要抓住人物的特征，这里的长脚的显著特征就是他的目光和光头。

这是一条狭长的峡谷。尽是乱石，它们使人想到这里每逢山洪暴发时，是洪水的通道。那时，洪水轰隆轰隆从大山深处奔来，猛烈地冲刷着石头，直把石头冲刷成圆溜溜的，没有一丝尘埃。

以恰当的联想来写出峡谷中的山洪的猛，不可感的也变成可感的了。

红瓦黑瓦

倾心导读

说悲悯

陶东风

曹文轩在他的长篇新作《红瓦》的后记中几次提到“悲悯”。这个词引起了我的极大兴趣。我以为“悲悯”不仅是理解曹文轩小说主题的关键词，也是理解中外文学史上所有伟大的作家作品的关键词。

那么什么是悲悯？悲悯的情怀必须具备三个要素：首先是对于人性的一种深刻认识，对于人性的复杂性的洞察；其次是对于人性的弱点与局限性的深刻洞察，最后是在此基础上产生的对于人类的悲剧性命运的同情的理解与理解的同情。

任何对于人性的简单化的理解都不可能产生悲悯，而只会导致对于人的简单化处理，包括认识论意义上的简单化处理以及伦理学意义上的简单化处理：把人分成天使与魔鬼，好人与坏人。在这种简单化的认识基础上必然产生简单化的道德评价——好人流芳百世，永垂不朽，坏人天诛地灭，遗臭万年。这种二元对立的论式只能要么产生颂歌，要么产生诅咒，唯独产生不了悲悯。在这个意义上，悲悯与简单化的、二元对立的思维方式或道德判断不能共存。同时悲悯本质上是对于人性的弱点以及人生的悲剧性的同情的理解与理解的同情。悲悯不可能指向人性中的优点(伟大、崇高、自信、自律等等)。优点不需要悲悯。悲悯首先是为人类而悲，其次是为人类而悯。由于认识到人性的弱点以及人生的悲剧性，所以才有悲；而只有对此弱点与悲剧性有深切的同情，才会悯(悯即同情)。

小说《红瓦》的悲悯情怀就是表现在对于人性的复杂性的认识以及对于人性弱点、局限性的同情的理解之上的。比如它从来不把小说中的人物简单化，不是简单地把人物分成好人坏人，然后做简单的道德判断，而是极力挖掘出好中的坏和坏中的好，白底下的黑和黑底下的白(记得鲁迅在评陀斯妥耶夫思基《白痴》中纳斯塔西耶时说过这样的意思)。比如小说中对于梅子、秦启昌、施乔纳等人的人性复杂性都有十分深刻的表现。这些人表面看来似乎都是淫妇或淫夫，道德败坏。但是实际上他们也是十分可怜的，他们是自己的情欲的奴隶。

《红瓦》1998年
北京十月文艺出版社

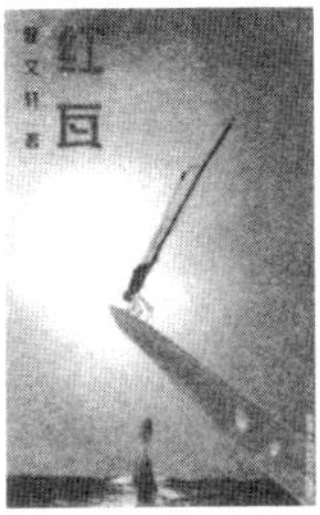

《红瓦》2000年
台湾小鲁文化

他们(特别如梅子与施乔纨)并不想有意识地伤害别人,他们的悲剧只是无法抵制自己的情欲。这可以说正是人的无力与软弱的表现。作者在表现这些人的时候没有作任何简单化的道德宣判。

与同情的理解相关的是作者的自我定位。具有悲悯情怀的作家不可能似一个高高在上的道德审判官。同情本身就需要设身处地,将心比心,也就是放弃自己高高在上的精英的批判立场,认识到他人的弱点同时也就是我的弱点,他人的悲剧就是我的悲剧,因为大家都是人。这就是我理解的谦卑(一个具有悲悯情怀的人一定也是谦卑的人)。高高在上的审判官当然是不会有悲悯的,他们有的只是优越感,是仇恨、鄙视,仿佛人性的弱点都与我无关,我就是神,人类的悲剧不会发生在我的身上。

2001年秋 九寨沟

我觉得《红瓦》是有人文精神的,是充满宗教情怀的。作者从来不以高高在上的精英分子或道德审判官自居,从来不作简单化的道德判断。它的温暖人心的力量、抚慰人的力量、人道主义的力量就是来自这里。

(原载《中华读书报》1998年12月2日)

素眼看逝川，白描记旧雨

曾镇南

一

《红瓦》与写于《红瓦》完成之后的《草房子》在生活内容上具有某种连续性，这是很明显的。《草房子》是以一个叫桑桑的孩子的眼光，叙说油麻地小学及其周遭的生活；而《红瓦》则以一个叫林冰的中学生的视野，讲述他所看到的南方水乡小镇的斑驳的人生和那个特定时代里青春的萌动、激荡和成长变化的历程。但是，叫桑桑也好，叫林冰也好，这两个人物所具有的作家本人的自传色彩，都是那样浓重鲜明。

但是，如果予以细察详辨，《红瓦》的立意和布局和《草房子》还是有很大的不同。《红瓦》是更具有自觉的自传色彩的反映时代和社会的力作，它是为现代社会中处于新的喧哗与骚动中、感到精神失衡的成人们而写的。作者有意选择了自己青少年时代所亲历亲见的那些老式的喧哗与骚动的时代背景下的往事和故人，按迹循踪地写出他们恒常的生活风貌，苦涩而温馨、飘浮而执著的生存和发展，写出他们对美好而合理的生

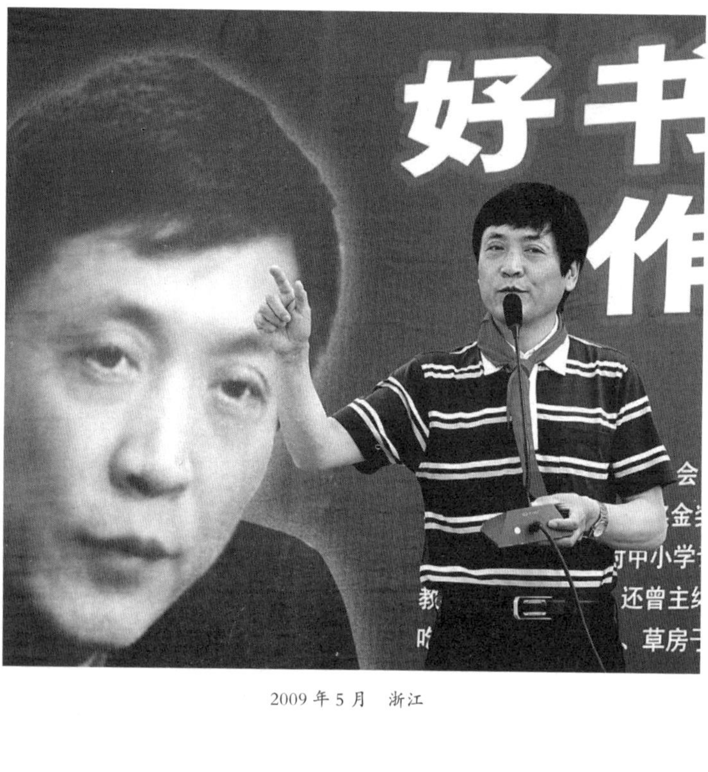

2009年5月　浙江

《红瓦》 韩译版

活、善良而健全的人性、纯洁而激动的青春永恒的追求，以期给处于新的喧哗与骚动中的人们带来精神的慰藉和美感的净化。而《草房子》则是在完成《红瓦》之后，藉着儿时的回忆，精心为孩子们吹奏出的一支童年变奏曲。它的精粹、集中和新锐，它的先《红瓦》一步问世，似乎让自己那优美而单纯的韵调，先入为主地盘旋在读者记忆里，使他们对内容更浑厚、架构更繁复、音响显浊重、色彩呈斑驳的《红瓦》，一时间反而觉得不那么易于接纳了。

其实，无论是对于曹文轩个人的创作的历程而言，还是对我们现实主义文学在新的时代的发展格局而言，《红瓦》都是更为重要的、更能显示出现实主义的固有艺术规律和美学价值的作品。我认为，《红瓦》在反映现实生活、刻画人物形象、锻铸语言艺术这三个方面，都取得了突出的成就。

1996年9月　在鲁迅故居

《红瓦》在反映现实生活并达到较高的真实性方面，其突出的成就是：完全从生活出发，把对已逝的生活画面的绘状，建立在亲历亲见和切身体验的基础上，从而使那些具有强烈的政治色彩和不断受到不同历史时期的不同政治理念改铸、涂抹的生活内容在艺术描写中以较为纯粹的生活化的形态逼真而亲切地表现出来了。作者以一个现实主义作家固有的直面人生的艺术勇气，把大串联、造反夺权、大辩论等等政治色彩强烈的生活内容纳入了笔端，但他的写法，却又是那样举重若轻、撇浊掬清、别出心裁，把政治动乱的投影完全地生活化了。他完全从一个少年的生活、情怀、认识力和心理兴奋点出发，全神贯注地去绘状人们在经历那种社会动荡时真实的人性、人情的流露，被特定村镇社区所制约的相互关系的自然变动，和人的性格、心理的发展变化，揭示人民生活、人民性格深处天然存在着的排污力和不可磨灭的良知本能，从而摒弃了从政治理念出发的浮相的、漫画化的，也是僵硬的表现形式，细腻地画出了荒谬背景下合情合理的生活图卷——这就是《红瓦》反映生活的独特之处。

二

综观《红瓦》全书所写的画面和故事，你感觉到国家的大局、民族的整体是在经历着动乱和荒谬，但油麻地镇和油麻地中学里的生活仍在继续，红瓦房和黑瓦房

2002年9月　在巴西文学院演讲

下的青春仍在发酵，在飞扬，人生的激流仍在淘洗着、雕塑着各种各样的性格和灵魂。试看《红瓦》中对油麻地镇文艺宣传队和油麻地中学文艺宣传队的极其真实、生动、情趣盎然的描写吧。这些文艺宣传队“宣传”的荒唐内容和粗陋的艺术形式，自然没有被作者忽略（对几个“节目”演出的逼真的描绘本身就构成了令人忍俊不禁的讽刺），但作者更加敏锐地发现并予以凝视的，却是宣传队纷纷兴起的现象背后隐伏着的人们希望有起码的文化娱乐的欲望，是青年男女对交往、接触、唱唱跳跳的兴奋渴求，是在这些看起来荒谬而毫无艺术价值的文艺活动中人们表现出来的发展自己的艺术才能、完善自己的技艺的强烈追求（试看“口水龙”、赵一亮、林冰是如何投入地磨炼自己的胡琴技巧的），是人们在这种文化社会活动中产生的恩怨聚散及由此流露出来的不同心性……总而言之，是在文艺宣传队这个特殊的群体及其简陋的活动中进行着的有声有色的生活和严峻的人生。撇开生活河流上的表面的喧哗和堆积的浮沫，而把艺术的测深锤探入河床的深处，穷究生活的底蕴，这

激情演说

正是现实主义的创作方法所要求的。应该说《红瓦》的作者在这一点上是谨守现实主义的前辈大师们的艺术法度的。

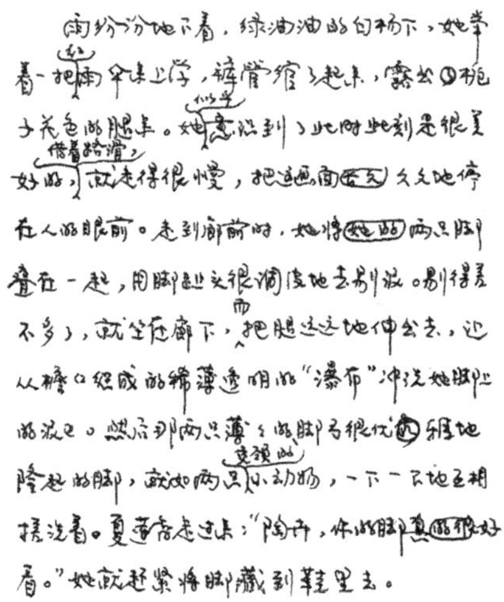

雨纷纷地下着，绿油油的白杨下，她举着一把红雨伞来上学，裤管缩了起来，露出了两根子藕色的腿来。她似乎意识到了此时此刻是很美好的，借着路滑，就走得很慢，把这画面久久地停在人的眼前。走到廊前时，她将两只脚叠在一起，用脚趾头很调皮地去刮泥。刮得差不多了，就坐在廊下，而把腿远远地伸出去，让从檐口织成的稀薄透明的"瀑布"冲洗她脚上的泥巴。然后那两只薄薄的脚弓很优雅地隆起的脚，就如两只灵活的小动物，一下一下地互相揉洗着。夏莲香走过来："陶卉，你的脚真很好看。"她就赶紧将脚藏到鞋里去。

曹文轩手迹

从生活出发，而不是从现行的理念出发（哪怕这种理念是从历史潮流中汲取的正确的东西），这是现实主义的创作方法在怎样反映生活问题上最基本的要求。这个要求是人们耳熟能详的。但真正在创作中严格地遵循它，是并不太容易的。作家往往会受到来自外部或发自自身的种种干扰或诱惑而从写实滑入编造涂饰。"正因为写实，转为新鲜"，鲁迅这句话，从另一个角度来领会，也可以理解为正因涂饰惯见，所以"写实"这个本应是最正常的创作方法反而让人觉得"新鲜"了。明乎此，平庸的作品之大量存在，也就不很奇怪了。也正因为存其本真的"写实"鲜见，才更值得有出息的作家穷其一生，孜孜以求吧。《红瓦》的经验之弥足珍贵，也就在这里。

有了"写实"的真，现实主义作品的美和善也就在

曹文轩题辞

其中了。艺术真实性这个范畴，是浑融着美和善的。在《红瓦》所描绘的真淳的生活画卷中，我感觉到了作家对美的追求，感到他祝福人类、改善人生、完善人性的热望和美意。作家对他笔下所写的各种各样带有人类弱点的普通人，既有爱抚的笔意，也有疗救的用心。无论是在王儒安、汪奇涵、杜长明、秦启昌、许一龙乃至偶尔一现的霍长仁等人组成的油麻地镇成人世界里，还是在林冰、马水清、赵一亮、夏莲香等人组成的油麻地中学的学生天地里，我们都看到了各人的命运变化和性格、品行的发展。在那样一个艰难而混乱的时世，在社会似乎被倒行逆施制驭得奄奄一息的背景里，这些各有弱点甚至是“劣迹”的普通人，也以曲折的方式在改变着自己，或向着美好而合理的方向前行着，或在人生困境和社会混乱中仍保持着自己人性中的美与善。命运虽有不同，人性却能相通。这就使我们从《红瓦》中那些辛苦而麻木、辛苦而恣睢、辛苦而向上的人们的遭际中想到自己，或开出反省的路，或看到鼓励的光，从而投入人生的创造中去。

《红瓦》的上部题曰"素眼"，本意大概是说此中所叙马戏团演出的风波，雕花床默记的情分，柿子树下的亲情、爱情和友情，小阁楼上的秘密，经瓦房里的时光以及所绘状的乔桉、夏莲香、赵一亮、马水清、傅绍全、白麻子和施乔纨、丁黄氏和丁杨氏等人物的初现形象和人生纠葛等等,都出于小林冰纯洁明净的少年之眼，因而显得特别真淳，特别清新吧。但我想对"素眼"的索解，也不妨扩而大之，理解为鲁迅所指出的"和障眼法反一调"的现实主义作家的"法眼"，即"有真意，

2008年9月　在南京钟山陵音乐台

去粉饰，少做作，勿卖弄而已”。《红瓦》的第一个好处，就在这里。“素眼”看逝川，艺术地、准确地写出了特定时代的一隅，或一群人的众相，从而揭示了生活的真谛。那个时代特有的种种奇闻和怪现状，油麻地人的阴私和秘辛，自然也是作家记忆库中固有的；作家并不忌于触及，但绝不专注于这些，而是着力叙写当时公然的、常见的，谁都不以为奇、不以为意的人与事，不加穿凿，不施粉饰，朴素存真地画出，这就使对于大多数人已经依稀恍惚、可咒可弃的逝川，再现为清晰、逼真、可扪可触，既引人唏嘘叹息又启人深长思之的生活图卷了。

（原载《文艺报》 1991 年 6 月 2 日 有删节）

评论热帖

红瓦黑瓦

曹文轩的作品展现的生活，对于当今的儿童而言，的确是另外一种人生，但从这种人生景象中读者会有所触动，深受启发。祖父对祖母长达三十余年的真诚照料，母亲对父亲表露出的羞涩而又执着的痴恋，三代女性对命运的抗争以及对人生无奈的坚韧、平静，都体现了东方古典情感、道德的含蓄温馨。

——韩彩虹《曹文轩成长小说乡土抒情的美学风格》原载《辽宁工程技术大学学报（社会科学版）》

曹文轩的长篇小说《红瓦》，展现给我们的正是一个人生的真实的可能的世界。

小说中的两个叙述者，少年时代的林冰和成年之后的作家，因为经历与作者本人的某种重合，很容易使人把它当成作者的自传小说。

——肖鹰《真实的可能》原载《科学时报》1991年6月28日

小说的时间背景是六七十年代的动荡岁月，小说以主人公“我”(林冰)在整个中学时代的成长经历和心灵变化为主要线索，串珠式地将一群少男少女和乡间人物的命运悲欢联缀起来，交织成了一幅既具有时代色彩又富于心理深度的动人长卷。

——雷达《曹文轩的〈草房子〉和〈红瓦〉》

《红瓦》将孩子置于喧哗与骚动的人流之中，描写各色人物的悲欢离合、沉浮命运，诉说成长与失落，温情与孤独，表现了作家对于人性的深刻思考和对人类正面品格的坚守。

——李红叶《曹文轩的小说艺术与安徒生童话》原载《湘潭师范学院学报》2002年第2期

《红瓦》的内容可以用书的内容提要中的一句话概括：“作家站在成年人的角度，以‘我’的整个中学时代的成长经历及心理变化为主线，表现了一个纯真少年对成人世界的苦苦探索，流露出鲜明的思辩的智慧与人性的光辉，同时也刻画出一系列令人怦然心动的艺术形象。”故事的精彩、叙述的精到、语言的精美，使这部小说好看。我总以为，小说好看，犹如打开了一扇可让人自由进入的门。屋子里再有奇珍异宝，光怪陆离，也得让人进得去才行啊。《红瓦》的创作手法是与现代小说形态背道而驰的古典。作品以“我”(林冰)六年的中学生活和成长为主线，串起了乔桉、马水清、白麻子等众多晶莹剔透的珍珠似的人物。每一个人物都有自己独特的故事，每一个故事都是悬念重重，一波三折。曹文轩充当了一位老到而又神秘的诱惑精灵，我的思维不由自主而又心甘情愿地交由他驾驭。诚实厚道而又不失优美机智的叙述话语，有学者的风范，更有与小说中的人物、与现实中的读者面对面诉说的温馨，源源的美感让人心荡神摇。

——北乔《阅读曹文轩》原载《解放军艺术学院学报》2000年第4期

成长的历程对于我们每一个人来说，都是切身难忘的。我想，不论是深重的车辙，还是淡远的足迹，都势必挥之不去、拭之不灭地烙在我们的生命里。

曹文轩先生所著长篇小说《红瓦》叙述的正是一个关于成长的故事。沉浸于曹文轩所营造的大氛围与小环境中，读者的情感很自然地就会与书中人物的情感融为一体，同舟共济，起伏与共，一起经历着特定人生阶段的烟云风雨。是的，《红瓦》使我们重返那些美好的成长的日子。

——风劲《倾听成长的声音》原载《北京晚报》1999年6月7日

阅读现场

地里，一只野兔被惊起，跑到了球场上，于是就遭到了很多人的追赶，四下里响起一片呼声叫声和“扑通扑通”的跑步声。所有的教室都空了，连女生都是一惊一乍地参加了捕杀。那只野兔东窜西窜，窜到大路上。它把人潮一会引向这里，又一会引向那里。乔桉操起一根木棍，最卖力地追赶着。他的样子很凶，像一只饿瘪了肚皮的食肉动物。他居然用木棍扫了一下那只野兔，但只是擦了一个边，那只野兔歪斜了一下，又迅捷地奔跑起来。后来，它穿过几层包围，窜到了河边上，人潮哗啦啦朝河边压来。走到绝境的野兔“扑通”一声跳进水里，朝对岸游去。

群体的描写，既有人又有物。尤其是对乔桉的描写，让人猜测他在后面的故事中会扮演怎样的角色，这也算引出故事的一种方法吧。

不知为什么，她是那样地喜欢蓝花。如今，当我再回想起蓝花时，就觉得她戴蓝花是有道理的：她的头发很黑，肤色很白，蓝花与这黑的头发、白的肤色相配，确实是和谐的，并去掉了那个年龄的女孩所特有的浅显和孩子气。蓝花还能给人一种安静的、浪漫的、梦幻的、遥远的感觉。

外貌描写抓住了蓝花的特点。

世界如同一头巨大的怪兽，一扭头走到了另一条路上，这路挺空大，挺疏旷，挺无底的，很梦幻，很撩人，所有一切，都叫人充满激情。

一个充满了想象力的高超的比喻。

他家门前有一大块空地，空地的一角有一个草棚，棚下有好几只硕大无比的染缸，还有两口硕大无比的煮颜料的铁锅，其余的空地上拉了许多根铁丝，是用来晾晒染过的布匹的，长年累月的，那片地已不是土的颜色，被流淌下来的颜色染得五颜六色，

把染房的特征写出来了。

驳杂纷呈。遇到好天气，那铁丝上晾满各种颜色的布，微风一吹，布掀动起来，再发出“哗哗”的声响，是很有几分壮观的。

教室里无声了很久之后，人开始一个一个地往外走。走到还剩下一半时，教室里忽然响起了悠扬悦耳的笛子声。我往前一看，乔桉正倚靠在讲台上，形象极优雅，表情极愉悦地在吹着笛子。此时此刻，他仿佛站在了一片银蓝的天空下，透过清澄万里的空气，让柳丝撩拂面颊，听枝头小鸟宛转，然后带着一份舒坦、快乐的心情，把一管笛子吹得万分的抒情，万分的欢畅。那笛音忽如春风中的风筝，一去千丈，忽如夏日阳光下的亮晶晶的雨点丁丁冬冬急急地落下。

笛子的声美和景美融为一体，当然是丰富的想象。让人想起了《老残游记》中的对白妞黑妞说书的描写，想起了《琵琶行》里的“大珠小珠落玉盘”。

舱里的人越来越多，像一个人着急上路，大把大把地将东西塞进自己的行囊似的。我将自己

情境描写，“我”观察着挤进门来的各种各样的

的包，放到对面的一张长椅上，占了一个座位。我的脸上热起来。我想将那只包收回来，可终于没有收回来。我不敢抬头，只是低着头，看着那些挤进门来的各种各样的腿。那些腿都是粗糙的，黑黄色的，鼓跳着蚯蚓一样的血管，十分的丑陋。它们乱七八糟地晃动着。后来，这些腿在舱门口渐渐稀疏起来，再后来就没有了。

腿，真是抓住了重点，因为“我”不敢抬头，看到的当然只能是腿。

这年的冬天，是个寒冷而干燥的冬天。入冬以来，就没有落过一滴雨，飘过一片雪花。但，北风总是刮。这北风像是从万顷沙漠上越过，被吸去了最后一丝湿气。它日夜不停地吹着，仿佛要把这片平原吹得焦干。冬小麦在灰色的土地里，摇曳着单薄的叶子。岸边芦苇的枯叶，任风一吹，“沙啦沙啦”地响。油麻地中学的篮球场上，一有人活动，就总是灰尘笼罩，远看时，人像在烟里。河水枯瘦，结了冰之后，

寒冷而干燥的冬天，典型的词有“焦干”、“枯瘦”等。

依然不停地枯瘦下去，离开水面的冰，就变成白色，河中间的冰失去水的浮力之后，就凹陷下去，终于断裂，因此，你总能不断地听到干冰的喀嚓声。

2009 年 5 月　在孩子们中间

野风车

★中国作家协会全国优秀儿童文学奖
★冰心儿童文学新作奖
★北京市文学作品评奖优秀作品奖
野风车
曹文轩 著
国际安徒生奖得主曹文轩纯美小说系列
江苏凤凰少年儿童出版社

倾心导读

想起了另一本书

草 人

曹文轩的小说是透明的，光洁的，细腻的。是纯而又纯的，你看不到浮躁和粗糙。如果你在冬天阅读，你能感受到冬天的炉火；如果你在夏天阅读，你能嗅到河边薄荷草的芬芳和清凉。优秀的文学作品应该具有这些品质，从某种意义上说，它是一剂良药。当然，它还要给我们一种疼痛的感觉，这是因为它总在我们敏感而又脆弱的部位敲敲打打，就像啄木鸟敲打着树干一样。我读曹文轩的《第十一根红布条》就有这种感觉，它使我想起了另一本书《老人与海》。

当然，你还可以想到威廉·福克纳的《老人》，还有许许多多世界名著中的老人。人总是要老的，这是不可抗拒的自然规律。但是，他们在每一部刻意刻画的经典之作中，都有不同的象征意义。苍老意味着衰朽、智慧、悲壮、悲凉，还有最后的辉煌。凡是阅读以老人为主人公的小说，你必须用心来读，至少要多品味几遍，因为对于我们少年读者而言，这是经验不能抵达的地方，也是我们无法体验到的感觉。我们面前的这篇短篇小说，正好给我们提供了一个大显身手的好机会，让我们来看看它的优秀之处到底在哪儿。

一个人被人们忘却或者冷落，除了他本人性格上的原因之外，另一个原因就是他本人对于这个世界的用途不大了，也就是说他的存在已经没有了社会价值。麻子爷爷恰好就是这么一个老人，过去，他的独角牛曾经救过十个孩子的命。可是，自从村里有了医生，独角牛就失去了它的作用。况且，独角牛像麻子爷爷一样，也已经很苍老了。他们彼此依偎，实际上已经融为一体了。因为他们的处境和遭遇是一样的，被人们渐渐忘却。突然有一天，一个叫亮仔的小男孩落水了，而医生又去了县城，人们这才想起了麻子爷爷和他的独角牛（他们用原始的土办法曾救过十个孩子的命）。

麻子爷爷去了，他跑得和年轻人一样快。独角牛跑不动了，但是最后却大显神威，救活了亮仔。在路上，在打谷场上，麻子爷爷和独角牛就像那个在海上与大鱼搏斗的老人一样，只不过这是一片看不见的海罢了，他们在和自己搏斗。实际上，他们都是被一种信仰支撑着，认为自己还能创造最后的辉煌，想要证明自己，给别人看，给自己看，给这个世界看。我们读多了英雄的书之后，对英雄便产生了一种狭隘的认识。实际上麻子爷爷和《老人与海》中的老爷爷同样是了不起的英雄，很可惜他们的平凡使他们失去了更广泛意义上的光荣。

《第十一根红布条》是一种经典的叙述方式，其中的寓意和象征是深刻而又鲜明的。它和《老人与海》有着某种相似，你几乎可以把它们看作姊妹篇。在曹文轩的小说里，还有一种和《老人与海》不同的东西，这就是麻子爷爷和独角牛都死了，但那十一根红布条——十一个孩子的新生——却预示着崭新生命的欣欣向荣。也就是说，麻子爷爷和独角牛把生命中最有活力、最美丽、最健康的元素灌注进了新的生命中去了，所以，他们并没有离去，他们获得了永恒。你还可以联想到新旧生活、新旧观念、传统和现代的冲突和矛盾，这不是主要的。最主要的是，那些美丽的、温馨的东西是如何延续和传承下去的。读读《老人与海》，再读读《第十一根红布条》，你会有更多的发现和感动……

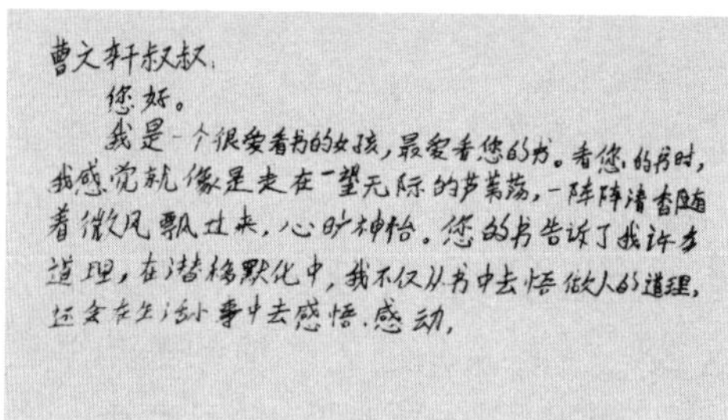
曹文轩叔叔：
您好。
我是一个很爱看书的女孩，最爱看您的书。看您的书时，我感觉就像是走在一望无际的芦苇荡，一阵阵清香随着微风飘过来，心旷神怡。您的书告诉了我许多道理，在潜移默化中，我不仅从书中去悟做人的道理，还会在生活小事中去感悟、感动，

孩子写给曹老师的信

评论热帖

野风车

《红葫芦》深深吸引着我的目光，一口气读完，内心跌宕起伏，汹涌澎湃。一个叫湾的男孩的孤独、寂寞、痛苦、忧伤、渴望强烈地震撼着我的心灵。

——兰君《拯救那颗受伤的心灵》

用焦点透视来设置小说的画面，描绘时往往针对一个中心事物，在曹文轩的一些短篇小说中，这种情况较为多见，如《泥鳅》中的一节——

这里冬末春初的田野，别有一番景致：到处是水田，水汪汪的一片，微风一来，水面皱起一道道细细的波纹，一道赶着一道，往远处去，那水分明有了细弱的生命；风再大一些，田野上便会四下里发出一种水波撞击田埂的水音，柔软的，温和的，絮语样的，田野也不再那么无聊和寂寞；中午若有一派好阳光一把一把洒下来，水面上便广泛地弹跳起细碎的金光，把世界搞得很迷人，很富贵。

他在描绘中，将水作为一个统摄全局的焦点，围绕着水进行细致的描写，把它的形态、声音和颜色都刻画得细致入微，这样抓住核心内容，在读者的脑海中容易获得画面的整体性，整幅画面就能集中而清晰地呈现出来。这就使接下来发生在水田图景里的故事更具有了水意湿润处的真实动人之感。

——吴冬妹《浅论曹文轩小说的画面描写艺术》原载《社会经济与发展》2003 年第 1 卷第 6 期

阿雏的感情空洞是父母。他的父母在他六岁时落水而死。他父亲临死抱住了大狗老子，大狗老子急于求生，便施计挣脱上岸了。这件事本也怪不得大狗老子，但坏在大狗老子在众人面前炫耀自己的脱生经过，众人听得笑逐颜开这事儿上。阿雏的感情空洞发生了，他认定“人都不是好东西”，“对这个世界露出仇恨的脸相，并一日一日地恶起来”。从此，阿雏这个塌陷的空洞对村子里的人造成了危害。他用一连串的恶作剧来报复村民，可他得到的却是加倍的冷漠。他在感情空洞无限扩大中迷失了天性。等到他在芦苇滩上意识到自己遭受孤立，幡然悔悟，想寻求感情填补时，已经太晚了。随着生命的逝去，那些响彻水面的凄切呼唤都已毫无意义。阿雏是曹文轩小说中唯一得不到感情弥补的孩子。他的感情空洞随着作者一步步的渲染显得触目惊心。整篇小说几乎像个无法愈合的伤口。

——夏晓昕《寻找失落的天空——试论曹文轩小说中的感情空洞》原载《浙江师范大学学报（社科版）》1999 年第 4 期

童年没有一个可亲可近的人，他可能会成为对他人悲哀和欢乐不闻不问的人。曹文轩的《阿雏》中的主人公是个孤儿，没人对他好。即使在最困难时也没一个人去关爱他。全村人都怕他、仇恨他。他的内心其实充满渴望，多么需要一句关爱的话、一个善意的眼神。但没有。他就对周围人同样仇恨并且疯狂报复。最后阿雏和一个小伙伴被困江圩，他却好像变了一个人。他勇敢、慷慨、机智，像位大哥哥无微不至地照顾小伙伴，为了找吃的，终于付出生命的代价。全村人也终于知道阿雏是个好孩子，可是这醒悟来得太晚。他们都在忏悔自己没有慈爱之心。

印度哲人说："能在儿童嘴角逗出微笑的人，能在儿童脸上收干泪水的人，比建造壮丽庙宇的人更受人尊敬。"我们其实在儿童身上延续自己。我们播下善良的种子就收获善良，播下仇恨的种子就收获仇恨。什么样的教育出什么样的人。

——网友青流《我们播下了什么种子》

阅读现场

阳光照着一树饱满的、黄亮亮的像涂了一层油的甜橙。它们又有点像金属制成的，随着风的摇动，在阳光下，一忽一忽地打亮闪。一些绿得发黑的叶子飘落下来，其中有三两片落在了弯桥蓬乱的头发里。

状物：阳光下甜橙的样子。恰当地运用比喻、类比的方法能较好地把不可感之物直观地呈现在人们眼前。

红扇跪了下来，用白嫩的小胖手拿着狗尾巴草，蘸着黑泥浆，在弯桥的另一半脸蛋上涂起来。她涂得很认真，一时忘了是在涂弯桥的脸，而觉得是在上一堂美术课，在涂一幅老师教的画。红扇是班上学习最认真也最细心的女孩。红扇干什么事都认真细心。她一笔一笔地涂，涂到最后，自己的脸几乎就要碰到弯桥的脸了。那时，她也闻不出黑

通过对红扇的动作以及神态的描写，写出了她画得是那么入神。

泥浆散发出的尿臊味了。她一边涂，一边还与另一半脸蛋上的“膏药”比大小。既然这一半脸蛋上的“膏药”是她涂的，那她就得一丝不苟地涂好，要涂得与那一半脸蛋上的“膏药”一般大小才是。

红扇先笑起来，随即三瓢他们也一个接一个地笑了起来，越笑声越大，越笑越疯，越笑越放肆，直笑得东倒西歪。后来，浮子笑瘫在了地上，红扇笑得站不住，双手抱住了甜橙树。

“笑”的描写神形兼俱。让人想起了《红接梦》里刘姥姥进大观园那一章对笑的描写。

老周五两脚后跟皆离开地面，身体往前倾斜，脖子撑得很长，所有青筋都涨得又粗又黑，如一束管子，血往脑子里涌，那筋便突突地跳，眼角咧眦着，扁担在空中颤颤的：“我劈死你！”

人物的愤怒之情。外貌、神态的描写让这种愤怒之情跃然纸上。

她一身素洁的打扮，领口里塞一块白手帕，头发梳得很整齐，

一个凄婉的形象，让读者为其

插朵小蓝花。

…………

从前，她最拿手的是数落，那时，她有特别好的记忆和言语才能，吐词清晰，字字句句，虽是在哭泣声中，但让人听得真真切切，而现在，她像是一个人在僻静处独自絮叨，糊糊涂涂的，别人竟不知道她到底数落了些什么。

悲哀。所选取的事例让人更加了解这个可怜的形象。她是怀着美好希望的，是在希望中挣扎的。但是她的命运却是让读者伤感的。对比的描写方法。

鸭们很干净，洁白如雪，如云，如羊脂。一只只都是金红色的蹼、淡黄色的嘴，眼睛黑得像一团墨点。鸭们很乖，不远不近地跟着她，“嘎嘎嘎”地叫。有几只鸭为抢一根蚯蚓在追逐，她便回过头去责备它们：“闹煞啦！”

多篇文章中写鸭，但是每部分出现都不一样，这就是曹老师文笔的高超之处。

大河终日让人觉察不出地流淌着，偶尔会有一只远方来的篷船经过，“吱呀吱呀”的橹声，把一番寂寞分明地衬托出来后，便慢慢地消失在大河的尽头了。

偶有的声响更突出了“静”之状态。

夏天正在逝去，蓝色的秋天已经来到大河上。不知从哪儿漂来一片半枯的荷叶，那上面立着一只默然无语的青蛙，随了那荷叶，往前漂去。

多么巧妙的季节更换的描写。

九瓶幻想着。他将幸福与好运具体化了：我有一个好书包，是带拉链的那种，书包里有很多支带橡皮的花杆铅笔；我有一双白球鞋，鞋底像装了弹簧，一跃，手能碰到篮球架的篮板，再一跃，又翻过了高高的跳高横杆；口袋鼓鼓的，装的净是带花纸的糖块，就是上海的大姑带回来的那种世界上最好看的、引得那帮小不点儿流着口水跟在我屁股后头溜溜转的糖块；桌上再也不是空空的，有许多菜，有红烧肉，有鸡，有鹅，有鱼，有羊腿，有猪舌头，有猪头肉，有白花花的大米饭；还有陀螺，是从城里买回来的，比他们所有人的陀螺都棒，我只要轻轻地给它一鞭子，它就滴溜溜地转，转

心理描写，表现出了九瓶对他心目中美好事物的向往。这些事物正是一个农村贫寒家庭的小孩子所能想象到的幸福与好运，切合人物的身份、个性。

得就只剩下了个影儿，我还能用鞭子把它从地上赶到操场上的大土台上……

太阳很好，阳光灿烂。天空净洁，显得无比高远。林子里，荷叶间，草丛中，鸟叫虫鸣。万物青青，透出一派新鲜的生命。九瓶把两只红蛋猛力地抛向空中，它们在蓝天下画了两道红弧。

典型的“情景交融”的写作手法，果然是新鲜的生命。

雅姐爱太阳和月亮，爱土地和河流，爱轻风和雨滴，爱那春天似乎流动着的绿色。她是那样温柔，那样恬静，那样优雅，那样含情脉脉，微微的忧戚里含着高贵的神情。世界在她眼里，多美呀！她本身又有多美呀！

流畅的美，语感的美。

星星一手捏着拳头，一手举着锋利的镰刀一步一步地走过来。他的眼睛，完全不是一个孩子怯懦的眼睛，它在燃烧，从深处迸发出一种可怕的力量！

愤怒的描写。眼睛是心灵的窗户，描写一个人的内心情绪最好别错过他的眼睛和眼神描写。

宽阔的月亮湖，晃动着寒气袭人的湖水。湖岸上，一棵两棵的垂杨，落满了雪花，被寒风冻住，像一株巨大洁白的珊瑚。水边，是一圈弯弯曲曲、锯齿一般的冰沿，大湖像镶了一圈银色的花边。小河早冻得结结实实，湖由于太大，加之这几天总是有风，湖水不停晃动，终于没有结成厚冰，破碎的薄冰在水面上挤擦着，发出咯吱声，像玻璃片在阳光下闪烁。

寒冷的湖景描写。处处让读者感到湖中的冰冷。擅用比喻。

这是一片荒无人烟的海滩。它长着一片膝盖深的茅草。茅草在白天的阳光下，十分好看：金色，像一根根结实的铜丝，很有弹性，让人觉得能发出金属声响。海风吹过，草浪如同海浪一样晃动起伏，打着一个个漩涡，朝蓝色的天空耀起一片夺目的亮光，把那些飞在它上空的鸥鸟们变成了金铸的一般高贵。

草色、草声，如见其形如听其声。

青狗身子不动，只是偏转过

倔强而不服的

脸去，梗着脖子，用蒙住泪水的眼睛，毫不示弱地去顶撞父亲的目光……

描写。

从车上下来一位年轻女子。她的穿着以及身材、面容和一举一动，皆与这乡野，这茅屋，这些荷锄归家的农人形成一个鲜明对比。她文静而优美，眼神中含着几丝激动，几丝忧伤。她用那双眼睛，亲切而又陌生地四处打量着这片土地。当她看到那棵老柳树时，身体和嘴唇皆在这清凉的空气中微微颤动起来。

人物的眼神的描写，依稀透露出人物内心的秘密。

平原的夏夜是迷人的。一望无际的稻田，在月光下泛着涟漪。一条条水渠，银蛇一样闪烁不定。稻叶摩挲，天空下到处是神秘而柔和的絮语。池塘里的青蛙，很清脆地响着蛙鼓。极远的地方，有一声半声野鸡含糊不清的叫声，将夏夜衬托得格外恬静。

抓住“夏夜迷人”的特点了，稻田、水渠、青蛙……都是夏的特征风物。

赌徒们的眼睛都布满血丝，含着恐惧、贪婪、侥幸、企求和仇恨。每一个人对另外一个人来说，都是敌人。他们互相用阴冷的目光斜视着，当对方输了的时候，嘴角上就会爆出一个很残酷又很痛快的冷笑。

外貌的描写抓住了特征，“阴冷的目光”、“爆出一个很残酷又很痛快的冷笑”正是内心的外在表现。

我的母亲像一根初春时的柳枝，像一枚冬日挂于枝头的冰凌，脆弱得简直不堪一击。

贴切的比喻让人心领神会。把不可感的情绪、性格用可感的事物、形象表现出来，真是高超的比喻。

奶奶照例将枯黑僵硬的手，哆哆嗦嗦地伸进深深的口袋底，吃力地从里面抠出几枚硬币来，一枚一枚地漏到另一只干燥的掌上，然后，牢牢抓住她细细的手腕，斜起抓着硬币的手，那硬币就一枚跟着一枚、带响地滑落到她柔软的掌上。

生动的动作，用细节描写表现了奶奶对她的爱。

夏天到了，达儿哥还没有找

夏日的田野是

到工作。他心里有点发闷，带着流篱又往城外田野上跑。夏日的田野，披青绽绿，田野苍翠。一棵棵高大的柿子树，像一把把巨伞，撑在田野上。一股泉水从远处黑漆漆的松林里流出，在阳光下发亮。远山，鸟幽幽地鸣啭，显示出了山谷的静谧。夏天的浮云，像一堆堆晶莹的白雪，在天边缓缓地飘移。

美的，而人物的内心却是痛苦的。没有无缘无故的景物描写，这里是为了反衬人物的内心。

星空笼罩着冬天寂寥的原野，世界一片混沌，远方起伏不平的山峦，像在夜幕下奔突飞驰的骏马，显出一派苍凉的气势。

苍凉的气势，用星空笼罩的原野、起伏的山峦来表现。

这一带是水网地区，大河小沟纵横交错，家家户户住在水边上，门一开就是水。太阳上来，波光在各户人家屋里直晃动。"吱呀吱呀"的橹声，"哗啦哗啦"的水声，不时地在人们耳边响着。

水乡特有的景致，阳光下的水美。

他脸色发灰，尖尖的下颏不

动作的描写，

停地滴着汗水。他咬着牙，拼命搬动着那双老腿。他不时地闭起眼睛，就这样昏头昏脑地跟着牛，脸上满是痛苦。有几次他差点跌倒，可是用手撑了一下地面，跌跌撞撞地向前扑了两下，居然又挺起身来，依然牵着独角牛跑动。

表现了麻子爷爷在竭尽全力地救亮仔。还有神态的描写，表明麻子爷爷救亮仔是多么困难、辛苦。

在给他换衣服下葬的时候，从他怀里落下一个布包，人们打开一看，里面有十根红布条，也就是说，加上亮仔，他用他的独角牛救活过十一条小小的生命。

麻子爷爷是可敬的，他用自己的生命换来了十一个孩子的生命。作者在之前的描写似乎让人们觉得麻子爷爷是难以接近的，但是，随着情节的深入，他的形象越来越高大。

阳光下的雪山，闪着纯净的、蓝银色的光。它巍然矗立，像一道巨大、美丽的屏障。那雪像是荧光粉尘，即使夜间，这座雪山也发着淡蓝的光。这个硕大

阳光下的雪景是美的，从它的色、形、质来写。

无朋的发光体，把整个天地都映照得十分明亮。

山脚下的村子，像所有其他山村一样，房屋参差不齐，疏密不匀地摆布着，只是这里的房屋都是木头的。有一条小溪从村前流过，水永远是清澈的，也不知流向什么地方去了。到处都是树木。盛夏时，浓阴蔽日，偶然有疏漏处，阳光泻下时，就像是一道金色的瀑布。村里有马，有狗，有这世界上最美丽的公鸡。早晨和傍晚时的炊烟，是最好看的。炊烟是乳白色的。它从各个烟囱里冒出，然后，袅袅地升起，天空便像悬挂着一道道银绸。若有风吹来，炊烟就抖动起来，像神话中的仙女在空中舞着长裙；风若大一些，炊烟就被吹散，弥漫在村子上空。从山顶往下看，村子时隐时现，犹如在梦里一般……

有代表性的景致，细腻地描绘了山村之美，多用比喻、联想。最后一句话意味深长，由于见惯了，这山村中人竟没发现这种美。

草丛里开放着五颜六色的

雨后的树林到

花，蝴蝶和蜜蜂在飞舞。蝴蝶不光有金色的，还有黑色的、银色的、白色的、褐色的……蜜蜂显得很繁忙，不停地吻着花蕊，不停地鸣响着。阳光正照着这片草地，使绿色的草地发出金光。在那些腐烂的草木和黑油油的泥土上，长着一朵朵蘑菇，打着一把把白色的伞，像是在躲雨。

处充满着生机，让人真想亲身体验一下，这就是好的语言的魅力了。

春天的太阳暖烘烘的，它照着人，使人像喝了酒一样醉醺醺的。倚着大树，躺在草地上，很快就能甜甜地睡着。它又像一口亮闪闪的大钟，唤醒了小草、蝴蝶、蜜蜂以及森林里的所有生命。春天的太阳是神奇的。夏天的太阳热辣辣的，它把人赶到了清凉的小溪里、阴凉的树阴下，而草木却更加葱茏。有时，太阳简直像一团滚动的火，不，像野牛红迷迷的眼睛。

神奇的甜蜜的比喻，让炎热的夏季也变得温馨。

细米

★入选国家“三个一百”原创出版工程
★中国作家协会全国优秀儿童文学奖
★北京市庆祝新中国成立55周年文艺作品荣誉奖
细米
曹文轩 著
国际安徒生奖得主曹文轩纯美小说系列

倾心导读

雕刻人生

北　乔

走进《细米》，就仿佛踏进了乡村。这个乡村如同世外桃源，却又那样的真实可信。曹文轩的文字洁净清澈，自然而不华丽，如潺潺流水，恬淡清雅，那与自然浑然一体的节奏，让人在不自觉中心旷神怡。一行行文字如田地的麦穗，看似平凡，连缀起的意境却充满生机，一种美轮美奂的生机。这种蕴美于自然的不经意间，所带来的亲和力却与我们的心灵相通，让我们沉醉。曹文轩深谙乡村自然之于心灵的抚慰，以直白、朴素的笔法对乡村进行原生态的白描，或者说，他只是一个向导，让我们随意在乡村漫步，感受和谐、纯净的田园风光和乡村人物。

细米是一个爱随时随地刻刻画画的乡村男孩。用一把铅笔刀在他喜欢的物体上刻出他想要留下的图案，是他的一大快事。说白了，雕刻对他来说，就是乡村孩子的野性勃发。他乱刻乱画，不知挨父母亲打了多少次。雕刻，是作品的一个意象。一方面，梅纹以自己受父亲耳濡目染得来的雕刻知识和绘画技巧，融技法于理论地引导细米走上艺术之路；另一方面，她又引领着细米走出野生疯长的泥淖，进入成长的正途。雕刻，成了梅纹助细米成长极好的话题和桥梁。即便是在听梅纹讲雕刻知识时，细米领悟得更多的还是有关做人的道理。况且，在雕刻之外，梅纹无时无刻不关心他的成长。正如雕刻光凭技法没有情感的加入是不行的一样，人的成长同样需要情感的滋润。实事求是地说，梅纹在培养细米的过程中，方法是其次的，她的那份浓情厚意才是真正的原动力。在细米眼里心间，梅纹给予他的情感远远大于技能。细米之所以听梅纹的话，按梅纹说的去做，最重要的也是情感在起作用。梅纹

梅纹给杜子渐下跪　白梦瑶绘

《细米》 韩译版

的情感就像一只手，牢牢地牵着细米进入一个他陌生的世界。牵，带有一定的强制性，可细米内心温暖无比，心甘情愿地被牵着，进而盼望时时被这么牵着。沐浴在爱的海洋里，细米的成长虽然仍有痛，但快乐淹没了痛。梅纹带来的新鲜、亲和，有时还令细米心惊肉跳的爱，仿佛就是一条河，细米在畅流中找到了成长的路标，潜质不再是顽劣捣乱的工具，而成为人生的动力。

情感这东西好似水，绵软之中凝聚无穷的力量，冥冥之中似乎能重建或摧毁人世间的一切。

情感的神奇还在于，能寓无形于有形，雕刻时光，雕刻人生。

（原载《人民日报海外版》2004年3月12日　第五版）

评论热帖

细米

“白栅栏”一共出现四次。每一次出现，都使得男女主人公的情感世界在审美距离中产生内在诗意的涌动，同时又隐约向二人的离别靠近了一步。第一次出现在梅纹刚刚落户到细米家：“细米有点不好意思，转过身去。这时，他看到了那道栅栏——那道栅栏不知是什么时候，被漆成了白色。……细米觉得这道白栅栏很好看。它把所有的一切都映亮了，菜园里的菜显得更绿，开在栅栏下的五颜六色的花显得色泽更加蓝了。一道默默无闻的栅栏，经梅纹的两遍白漆，仿佛忽然地有了生命，就这样被人注意起来。细米一动不动地站在那儿，眼睛里就只有这一道白栅栏。”这样的描写充满喻意：“栅栏”一直站在细米面前，但被漆成了白色，便苏醒了他一直沉睡的生命，连天空与花朵都绽放出耀眼的色泽。这就是梅纹这个来自美感的天国里的女孩给一个生长在人间的少年带来的震撼。由此，栅栏的光与色在细米的目光里都流动着美感的光彩。第二次出现在梅纹收到了思念很久的父母亲的家书的月夜："梅纹拉开门，走出屋外。月色清亮，那道白栅栏显得比白天的长，但根根可数。她甚至能看到爬上栅栏的牵牛花是紫色的，像一支支小喇叭。"这是一幅温馨、静谧的静夜图。此刻，细米已经熟睡。但在梅纹的家书中，细米刚刚醒来。第三次出现在一个特殊的春节。由于意外的变故，家中只留下细米一人与梅纹过年："吃完饭，他们开始收拾碗筷，还是一个在白栅栏这边，一个在白栅栏那边，一个递过去，一个接过来，动作很快，转眼间就将碗筷等又运回到了厨房里。"那颗"野性的赤子之心"已经乖乖地被美感所"收服"。第四次，也是最后一次，出现在细米终于艰辛地回到家里但梅纹已经离去的结尾："目光落下时，他的视野里便是那道白色栅栏。他断定，她在临走前，又将它仔细刷过了，因为，它显得比以往任何时候都干净、鲜亮。/泪水涌出时，他的眼中是一片纯洁的白色……"

——陶亭儿《沉淀着宝石光焰的"水塘"——解读曹文轩长篇小说〈细米〉》

《细米》仿佛一幅清雅的水墨画，周围有大量的留白。在作品中，这些主题之外的留白，是用体现为场景、铺垫性的情节和次要人物来完成的。如稻香渡的男女老少、毛胡子队长，如细米的母亲对梅纹的照顾、少年细米和周围同学的关系。

这些作为细米和梅纹的生活环境，作者用了大量的笔墨进行了生动的描绘。但是，这些饱含了乡土气和人情味的描写，使读者感到的只是乡村生活的大致勾勒，是简洁中包含的一派空灵。

——贺绍俊《美的陶醉——读长篇小说〈细米〉》 原载《文艺报》2003年9月9日

那些看似无所用心的歌谣，在曹文轩的创作里却占据着不可忽视的作用，不管是桑桑、根鸟还是细米，他们的每一次喊唱，都让人感到快慰，仿佛是一股清流倾泻而下，给人以喜悦，也让人落泪。歌谣是一种情调，甚至是很重要的情调。在《细米》里，作家干脆将一首童谣拆分开来做目录，在目录跃入读者眼帘的一刹那，读者已经大致知道作品的格调与可能的诉说。它是如此别致，从童谣的内容，到目录的形式都给人以惊喜，以及感动。

——李红叶《为少年心思写歌——评曹文轩的小说〈细米〉》 原载《盐城师范学院学报》人文社科版

阅读现场

那两条鼻涕仿佛是两个有生命的并且很淘气的小活物，它们总是在观察着自己的主人，只要主人一走开，它们就会跑出门外，看看外面的世界，而主人一回来，它们就又赶紧溜回去，你说三鼻涕到底是管住了它们还是没有管住它们？

用恰当的拟人把小孩子流鼻涕的小毛病写得形象生动，甚至会让人觉得很可爱。

春天的雨水多，地里又不太需要水，太阳还没有多大蒸发水汽的力量，大河变得十分开阔与饱满。此刻，只有一丝小风轻轻地吹过，河面上起了细密的波纹，仿佛有成千上万条银色的小鱼游到了水面上。阳光下的草屋与瓦房，既有规则又无规则地排列着，散落着，宁静地勾画出一个既紧凑又稀松的村落。一条不大不小

细腻的景物描写，让人沉浸在一片静谧的氛围之中。景物描写首要的应该是仔细观察，然后运用合适的修辞、表现手法把观察到的东西表达出来，这些都是需要长期练习和积

的河从大河分出，流过村后，河那边是稻香渡中学。

累的。

稻香渡很少有人见过长成这样的女孩儿。她们的形体服饰、面容、肤色与姿态，皆与岸上的稻香渡人形成鲜明的对比。她们优雅而美丽，带着城市少女特有的文静、安恬、害羞与一种让人怜爱的柔弱。她们有几许兴奋，又有一番怯生生的样子，仿佛一群长飞的鸽子因要在半途中落下觅食而落在了一片陌生的田野上，让人有一种只要一有动静，它们就会立即飞掉的感觉。

同样是麦子，但却是另一种麦子；同样是稻子，但却是另一种稻子；同样是人，但却是另一种人。

群体的人物描写最重要的是能抓住他们（她们）共同的特点，此处的群体人物描写就抓住了女知青们与稻香渡人的不同点，即“带着城市少女特有的文静、安恬、害羞与一种让人怜爱的柔弱”，然后又用了一个“鸽子”的比喻把这种不同具体化，最后用一段富有哲理的话总结了这种不同。

这顿晚饭，细米是心不在焉地吃完的，那饭菜仿佛不是吃到了他的嘴里，而是拨拉到了一个与他毫不相干的地方。爸爸妈妈都吃完很久了，他还没丢碗。

情绪或心理比较抽象，往往要借助人物的外在行动、语言、表情等细节来表现。此处林秀穗问：“细米，你怎么啦？”

细米拨拉着碗里的饭，不作回答。

妈妈说：“长耳朵了吗？林老师问你哪！”

细米将碗向桌子中间猛一推：“我没有什么，我没有什么……”眼睛里却憋不住滚出泪来，随即，用手背擦着眼泪，一边向里屋走去，一边嘴里还在很生气地说着，“我没有什么，我没有什么……”

写了细米对吃饭、对旁人问话的心不在焉，最后控制不住而爆发的过程，把细米的气愤、伤心、惆怅的情绪表现得淋漓尽致。

柔和的夕阳，正越过矮墙照进院子。当时，栀子树正开着一树的白花，还有许多绿色与白色相间的花骨朵像一支支小蜡烛很神气地竖在叶间。

她的肤色竟然与栀子花的颜色十分相似。

用“小蜡烛”比喻栀子花的花骨朵十分形象；接着又以花写人，说梅纹的肤色与栀子花相似。

梅纹望着栀子花树，说：“这花，真好看。”

细米进屋拿了一把剪刀，搬

简单的文字照样能传递美、能感动人，不一定要用了一张凳子出来。他站到凳子上，低头用眼神问梅纹：最喜欢哪一枝？

梅纹用手指着深深藏在绿叶里的那一枝。

细米将它很小心地剪下，交给了她。

很多的修饰、用华丽繁复的语句。此处写细米与梅纹之间的默契，他们似乎心灵早已相通，因此不用太多的语言，就能表现出这种微妙、纯洁的情愫。

正是芦花盛开的季节。芦荡万顷，直涌到天边。千枝万枝芦苇，都在它们的季节里开花了，一天比一天蓬勃，一天比一天白。硕大的、松软的芦花，简直是漫无边际地开放在天空下。此刻，月亮所到之处，就有了“雪花”。月光越亮，“雪花”就越亮，飞起的花絮，就像是轻飘飘的落雪。

写景状物一定要抓住它们的特点，能够观察到这些特点是第一步，第二步就是要运用合适的表现手法把这些特点表达出来。此处的景物描写就抓住了月光下纷飞的芦花的色、形的特点，即硕大、松软、白，并用“雪花”来比喻它们，形象生动，富有美感。

四根廊柱好像来自于同一片山林，颜色为黑褐。说“黑褐”，也只是一种大致的说法，事实上，它们的颜色十分复杂，有的地方为焦黄色，有的地方为褐色，而有的地方几乎为黑色。在焦黄的地方，却又有几道黑色的纹路，而在褐色、黑色的地方，又可能有几抹焦黄色闪过。它的纹理更像是一种既坚硬又温润的石头。没有一处疤痕与虫眼，从头到脚，都十分完美。富有光泽，但并不耀眼，是那种黑暗而久远的光泽。与其他木材不一样，用手抚摸它们时，没有温暖之感，却只有一种深秋似的凉意。

此处的状物描写十分精彩，从颜色、光泽、纹理各个方面分别描绘了廊柱的特点，在视觉观察之外，还用触觉感觉到廊柱有“一种深秋似的凉意”。可见状物描写要多角度、多侧面地观察描写，才能让这个事物栩栩如生地出现在读者眼前。

他站着，她坐着。

他吹得十分投入，两只手像鱼的尾巴一般，不停地拍打着口琴，控制着气流的大小，一只脚在地上轻轻地打着节拍。

除了音乐，梅纹还能听到气流从他的唇里流出而进入口琴、

这段对音乐的描写不只是恰当，而且是富有想象力的。精妙的比喻总能把可感、不可感的事物表现得生动形象，如“两只手

又从口琴流到手指缝里的声音。这种声音类似于风吹过草叶时发出的声音，“沙沙沙”，必须仔细听才能听到。

像鱼的尾巴一般，不停地拍打着口琴”等。

水中的细米像一条鱼。他的身体细长而结实，仿佛通体涂了油，一旦在水中游动起来，很少有人能够赶上他。侧泳时露出的肩头，远看极像鱼露出的一线脊背。

水中的细米像一只鱼鹰。他能一个猛子扎出去好几十米，在水下的时间长得让人心里担忧。

水中的细米又像一只鹅。他累了，就轻轻浮在水面上，一浮就是半天，随风漂去，大河成了一张床，他好像睡着了。

排比式的比喻，把细米在水中的灵活自如写得真实具体，少年人的自由自在真令人向往。

于是，大约在夜里十点钟时，就会有一盏小马灯，从稻香渡中学的大门游出，穿过高粱地，穿过芦苇丛，穿过白杨树林，走过河边，走过麦场，走过木桥，后来停在了村口，像一只夜行的渔

想起了冰心的《小橘灯》，小橘灯、小马灯同样传递的是善良与关爱。所以恰当的道具也是很能表达人的情

船，终于歇下了，只有一盏渔火闪烁在黑暗里。

细米将小马灯挂在一棵树的枝杈上，然后在村头的石磨旁坐下。

有时，细米会觉得很快乐，是那种水从高处流淌下来溅起许多水珠的快乐，而有时又会觉得很伤心，甚至心疼疼的，像是在一个愁惨的秋天里或是在一个寒星闪烁的夜晚。

细米的梦开始多起来了。

这些梦五颜六色杂七杂八，它们像秋后集合南飞的燕子，飘忽着，闪烁着，占据着细米的夜晚。它们或者使细米升腾，飘飘欲仙，或者使细米如坠深渊，急速的坠落甚至会让他惊叫。那些梦中的情景，大多是细米从未见到的。梦中的人，都模模糊糊，变幻不定，甚至出现了许多他从

感的。

对于无法直接描写的情绪、感觉，类比是很好的方法。此处用“溅起许多水珠”“愁惨的秋天”来类比细米的快乐、伤心，真实具体。

比喻的运用一大好处就是使不可感的东西可感、可感的东西更生动形象。此处用“秋后集合南飞的燕子”比喻细米多姿多彩的梦，十分形象。

未见到过的面孔。

稻香渡的冬天，是以一场细而柔软的小雪开始的。因为地面还未冻透，因此，那场雪刚落下就化掉了。但随后的风，使人明确起来：冬天来了。

到处是枯叶与败草，到处是残梗与断枝，往日穿梭于树林间，但闻其声、不见其影的乌鸦、喜鹊、鹁鸪与灰喜鹊，因失去了枝叶的遮挡，而完全暴露在人们的视野里。

独特的稻香渡的冬日印象：到处是枯叶与败草，到处是残梗与断枝，乌鸦、喜鹊、鹁鸪、灰喜鹊都暴露在人们的视野里。

梅纹和细米　张慧婷绘

狗牙雨

中国新时期优秀少儿文艺读物奖一等奖
《少年文艺》优秀作品奖
《儿童文学》优秀作品奖
狗牙雨
曹文轩 著
国际安徒生奖得主曹文轩纯美小说系列
江苏凤凰少年儿童出版社

倾心导读

谈曹文轩短篇少年小说的力度美

顾恩多

新时期以来，在众多的少年小说作家中，作家曹文轩以其独特的艺术实践异军突起，独树一帜，令读者瞩目并赢得赞誉。在他的短篇小说中，基于“重塑民族未来性格”这一认识，曹文轩刻划了一系列具有力度美的男子汉形象。在这里，我们就他短篇少年小说作品所呈现出的形象、性格的力度美作一简单分析。

一、坚忍不拔而又真实可信的少年男子汉群雕

少年时代是一个复杂而又极富魅力的年龄阶段。它像刚刚吐绿的小草，急于在阳光下伸展自己；又像初升的朝

阳，与海平面若即若离。它有着万米赛跑前激动的怦怦心跳，也有出师未捷的点点泪滴。它满怀对英雄行为的渴望，对不平凡世界的追求，也深含微妙朦胧的情感，不知来由的愁思。曹文轩在这里定下了他的落笔之点。

日本儿童文学界认为，“现在的儿童读者并不光是需要有艺术性和娱乐性，而更需要关于人生问题的探究”。那么，中国的儿童读者呢？

分析今天的孩子，积极进取、乐观活泼是主流，但他们内心深处同样有着自卑和烦恼。原因是复杂的：一方面举国上下的腾飞之势使他们特别容易受激励，价值观念的更新也使他们具有强烈的竞争意识，勇于向长者、权威挑战，富于创造力、开拓力。但另一方面，

2000 年秋　在四川阿坝州滚铁环

教育体制不完善而造成的对升学率的片面追求，当代社会人际关系的复杂和一些不正常的社会现象的存在，陈腐的旧意识观念造成的两代人互不理解，各种差异、冲突而给弱小者带来的伤害……都会给孩子们的心灵蒙上阴影，使他们产生孤独、迷茫、自卑、敌视的心理。他们渴望有人伸出温暖有力的手，安抚心头的创伤，给他们鼓舞和力量。

“儿童文学，请你清醒地意识到你塑造民族个性的天职！”这是曹文轩激奋的回答，也是他创作的一贯准则。“我喜欢坚韧的、机灵的、雄辩的孩子。我想我们的民族在世界面前不应是一个温顺猥琐、‘老实厚道’的形象。应该让全世界看到，中华民族是开朗的、充满生气的、强悍的、浑身透着灵气和英气的。”正是基于儿童文学应担负塑造未来民族性格责任的认识，他改变了以往儿童文学、儿童教育中以柔顺为美的价值观念，塑造了一系列具有阳刚之气、充满力和勇的少年和成年男子汉形象。读他的作品，人们会有一个很强烈的感受，那就是主人公们的主导性格：正直善良、自尊自立，虽遭受生活的不公正待遇但顽强不屈，仍对生活和未来充满爱与希望。他们都有着强烈的表现欲、拼搏欲和对于不无幼稚的理想的执著追求。可以说，几乎他的每篇作品都刻划了这样性格的硬汉，每个硬汉都具有这样的力度美。

住在临建小棚、不肯寄人篱下而谋求自立的弹棉花孩子黑豆儿（《弓》），机灵活泼、心灵纯洁如玉的小哥哥（《静静的小河畔》），为了成为“世界上第一个看到古堡的人”、不顾炎热饥渴攀登险峰的山儿和森仔（《古堡》），屡受生活的不公正待遇而不向命运低头的独臂少年达儿哥（《远山，有座雕像》），为了解除妈妈生育的痛苦，深夜穿过荆棘丛生的荒原去请医生的荒儿（《荒原上的茅屋》），勇敢地肩负起生活的重担，在极恶劣的条件下牵回海牛的十五岁少年（《海牛》）……他们绝大多数都是农村孩子，淳朴坚韧，而又充满灵性。生活对他们是不公正的。憨厚倔强的黑豆儿十四五岁便失去了父母，随伯父离乡弹棉花谋生；顽强乐观的达儿哥不但失去了父母，一只胳膊，还失去了上大学的机会，和辛苦一年运输的货物；小男孩荒儿不过五六岁，却成为荒原上的茅屋里唯一的男子汉；《海牛》中的牵牛少年，四岁时便被母亲遗弃，十五岁时不得不忍痛辍学，照顾年迈的瞎奶奶，过早地承担起生活的重负。然而，他们又是极其坚强的，有时简直是执拗。为了维护自己的人格尊严，证实自己的独立精

《红葫芦》韩译版

神，甚至为一件并不伟大的事情，他们常常表现出铁一般的意志，不达目的誓不罢休的精神。黑豆儿宁肯住在街边的板棚里，每日进行繁重的体力劳动，也不回到乡下遭受伯母的冷眼；海仔为了赢得“一年级也要踢足球”的权利，不顾自己的安危，登上临海的礁石向体育老师示威，终于迫使体育老师认输，拿出了足球（《海里的船》）；为了证明自己翻过那座高高的古城墙，达儿哥不顾仍在滴血的断臂的剧痛，用刀子在城墙上刻下自己的名字；十五岁少年尽管年小体弱，却执意要买雄健的海牛，不要老实而疲弱的荡牛，虽为此吃尽苦头而毫不后悔。这些少年用还稚嫩的双臂扑向生活的急流，勇敢地击涛搏浪。黑豆儿的“我能养活自己”、达儿哥的“你达儿哥不在乎”、山儿和森仔意识中的“他和他是世界上第一个知道没有古堡的人”、牵牛少年的“我一定能制服它”……这些豪迈而又不无稚气的话语，不正是少年们对命运挑战的勇敢回答吗！对于这些少年，他们的坚忍不拔、奋斗探索、不达目的誓不罢休的性格，已经

大学时代的曹文轩

构成了一组象征性的形象体系，人物形象已经超越了在作品中的表层描写意义。在他们身上，人们看到当代少年那种积极进取的顽强品格与拼搏精神、美好高尚的情操和难能可贵的具有时代精神的追求。而这些有着昂奋健全性格和坚忍不拔意识的时代少年形象，必然对少年读者产生巨大的激励和榜样作用，对他们的思想转变，性情陶冶产生巨大影响，增加他们性格的力度和强度。

二、体现作者人格理想和美学追求的成人男子汉塑像

孩子们的世界不是孤立的。孩子们的成长离不开大人，他们性格的形成与周围的成人有着千丝万缕的联系。儿童文学中可以塑造成人形象，成功的成人形象往往具有更大的榜样、教育作用。在曹文轩的少年小说中，成人形象的比重虽不大，却有着不可忽视的地位。小提琴家、麻子爷爷、荒儿的爸爸、修手风琴的流浪汉……这些坚强的成年男子汉，体现着作者的人格理想与美学追求，具有更高意义上的社会意义和时代内涵。

熔铸了作者对人生真谛、生活意蕴、社会现实以及历史文化等多向度的观照和思考，体现了作者最高的人格理想和审美追求的成人男子汉形象，是《大水》中修手风琴的流浪汉。这是一个从记事起就已经是一个小乞丐的生活中的不幸者，“没有家，没有亲人，甚至不知道自己是谁”。为了混口饭吃，他无数次心甘情愿地受人侮辱。然而，当他逐渐长大，特别是独自一人思

考着的时候，他体会到了刻骨的屈辱和难言的痛苦。“人得有人的活法！”这念头终于使他奋起反抗，并因此成为囚犯被送进“死亡谷”，在那里度过了整整十年。然而，不幸的身世，惨痛的遭遇，不但没有消蚀他的锐气，反而磨炼了他的顽强意志和反抗精神，使他领悟了人生真谛。“当人侮辱了你，必须反击！”在酒馆里，他当着那个傲慢而庸俗的服务员姑娘的面，痛快地掀翻了桌子，回击她对自己的轻视和侮辱。对于流浪汉的身份和修手风琴的职业，他没有丝毫的自卑和自贱。“一个人不在乎他一辈子做什么行当，关键在于他在做这一行当时得有一种人的神圣感。一有了这种感觉，你便会觉得自己那点微不足道的谋生手段顿时变得无与伦比的伟大。”

在台湾为读者签名

拍什么呢

因此他不屈不挠甚至是命令式地执意要修理一架破损不堪的手风琴。对于坎坷的人生，他抱着这样的信念："要活好。凭什么不活好呢？别那么垂头丧气没情绪。记住，太阳既照着他，也照着你，为什么要无缘无故地生出许多可怜呢？""你别想着自己什么都没有，得想着自己什么都有，有眼睛，有鼻子，有双手，有挑担的肩！你还要什么呢？抬起头来往前走，海阔天空！"他珍视自己的人格，尊重自强自立的精神。"我们大家都是在活。活着不在乎是在大楼里，还是在人檐下。关键的关键在于，你总要记住自己是个人！""我厌恶寄人篱下的靠人施舍的生活。与其瞧着别人的脸色到碗里去夹肉，还不如独自一人喝西北风去。"然而，他又并不是在提倡苦行僧主义："别难受自己。不知道享受还能叫人？记住钱是人挣的！”“只是当你一无所有的时候，你不要顾影自怜！”对于人生的苦难，心灵的创伤，他有着更高一层的认识。“这个世界上最宝贵的东西不是别的，正是痛苦。那刻骨铭心，那让你泪流满面，那让你咬牙切齿的痛苦。要珍视它，特别特别地珍视它！”这些深刻凝重、饱含人生哲理的话语所体现的思想，不正是中华民族“贫贱不能移，威武不能屈，富贵不能淫”的传统精神在新的历史时期的闪光表现吗？作者用饱含激情的笔触，蘸着他对人生、社会、历史的深沉思考，为我们塑造了一个盈溢着真、力、美光彩的男子汉形象：他有着伟大的人格、高贵的气质、深沉的情感、坚韧

在深圳和孩子们在一起

与德国小朋友在一起

的意志、坦荡的胸怀……虽然，这只是一个理想的化身，但其中所蕴含的自尊自爱、坚忍不拔的精神，对于涉世之初的少年儿童却有着巨大的影响和鼓励作用。尤其是对那些存在自卑心理的少年，更像是一片阳光，一缕春风，融化了他们冰冻的心田。我们认为，《大水》是作者的最高人格理想和审美追求的体现，也是他对少年读者的一个丰厚的奉献。

以上我们分析了曹文轩短篇少年小说中人物性格最显著的特点：坚忍不拔、倔强自信、充满力度美。联系他“塑造民族性格”的宣言，具体分析他作品中的人物形象，我们发现，他所“重塑”的民族性格，既不是舶来的，也不是捏造的，而是中华民族传统的坚毅勇武性格与新时代蓬勃向上的进取精神的有机融合。

换言之，即儒家思想中的积极因素在新时期的发扬光大。它有着深厚的民族历史基础，而又焕发着新的光彩，因此，它易于被少年儿童接受、认同，对于健康昂奋的未来民族性格的形成发挥着尽可能大的作用。

“需要告诉儿童：人，首先要做英雄，做未知的国家底勇敢的旅行者，做精神底骑士，做为真理而斗争的战士，做思想底革命家和受难者，做热衷于自己底理想，以幻想来丰富自己底理想，并由自己底意志力使理想活跃的理想家。只有满怀自信的人，才能在任何地方都怀着自信沉浸在生活中，并实现自己底意志。”“儿童从幼年起，就应该对人及其创造底伟大意义，坚决地具有信心。——这可以使他们成为意志坚强、坚忍不拔的战士。”为了迎接世界的挑战，为了培养下一世纪的中华民族的战士，怀着深层的未来忧患意识，曹文轩这位作家孜孜不倦地探索着、塑造着……

评论热帖

狗牙雨

第一次看到“狗牙雨”这个题目，在我的脑海里浮现了这样一种奇特的雨：大大小小像狗的牙齿一般锋利的雨点，落在广阔的大地上。书中的“狗牙雨”真像“狗牙”，一点一点，虽然很小，但是皆很有力，皆很锋利，亮闪闪的。它能穿透薄薄的叶子，砸在人的脸上，让人麻酥酥的。

——无忧

今天读《狗牙雨》，《海牛》里那个十五岁的少年真是令人震撼不已，在独自买海牛的过程中，一路与暴烈狂怒的海牛较量，经历了常人难以忍受的饥饿、寒冷、恐惧，考验与希望伴他一路前行，而他所表现出来的勇敢与坚强更是让人叹服不已！

——南山草

《弓》里弹棉花的小黑豆儿用他的善良、尊严、奋斗与小提琴家共同演绎了一曲爱的协奏；《海牛》里那个十五岁的少年，在独自买海牛的过程中经历饥饿、寒冷、恐惧，考验与希望伴他一路前行，如此珍贵的成长经历让他难忘，而他所表现出来的勇敢与坚强令人叹服！《大水》中因为失去双亲，被困小城而自怨自艾的漂儿，在修手风琴的流浪汉的琴声里，找到了做人的要义：生命里可以接受贫穷、苦难、痛苦、孤独、饥饿甚至死亡的威胁，却唯独不能接受怜悯与屈辱，不论什么时候，都要活出自己生命的尊严！

——紫丁

阅读现场

奶妈炳嫂抱着一个三四岁的小女孩从东厢房里走出。这小女孩一眼就看到了杜元潮，两粒黑晶晶的眼珠便像两只落在青枝上的小鸟，落在了杜元潮的脸上。炳嫂在走动，但她怀里的这个小女孩却转动着脑袋，一直看着杜元潮。她不笑，也不哭，略带一点羞涩和怯意。这个小女孩长得极为秀气，头发不算浓密，偏稀，并微微发黄，衬得她格外的清秀。她抱着炳嫂的脖子，侧着脸，明眸如星，两点清纯的亮光，无声地闪烁。

采芹的第一次出场，着重描写了她的眼睛，突出了小女孩的纯洁、无邪，让人油然而生爱怜之情。

初夏。

野蔷薇花败了，紫穗槐花败了，苦楝树花败了，但紫薇花开了，紫茉莉花开了，南瓜花开了，

从总写到具体描写，铺展了一片美好的天地，为主人公的活动提供了

螳螂开始孵化了，刺蛾正长着翅膀，蚱蝉开始鸣叫了，热热闹闹的季节开始了。

两个孩子开始迷上了田野，只要教书先生一宣布下课，他们就往田野上跑。

一块地一块地的小麦，转眼间就变得金黄，太阳一晒，空气里弥漫着麦香。一块地一块地的大麦却还是绿的，与小麦地无规则地互相镶嵌，金一块绿一块，一块金一块绿。地头，或是槐树，或是苦楝与柳树，得了充沛的雨水和热烈的太阳，正隆隆生长，在地头积成绿的云，绿的山。

诗意的空间。

太阳晃晃悠悠在天上浮动，雨却下得有声有色。整个天空，像巨大的冰块在融化，阳光普照，那粗细均匀的雨丝，一根一根，皆为金色。无一丝风，雨丝垂直而降，就像一道宽阔的大幕，辉煌地高悬在天地之间。

高明的比喻，寥寥几笔，将太阳雨的非凡场面描写了出来。

他第一次仔细地打量着祖母：她的两个瘦削的肩胛高高耸起，麻网似的一头白发飞张着，暗黑色的脸上布满横七竖八的皱纹，牙齿脱落了，两腮瘪陷下去，嘴角承受不住面颊肌肉的松弛而低垂，双手的骨节变得粗大，弯曲着，不易伸直，也不易收拢。

瘦削的肩胛、白发、皱纹……一个衰老的妇女形象跃然纸上。

他的身体还没有发育成熟，单薄得像片铁片，脖子、胳膊、腿，都是细长的，胸脯还是孩子样的扁平，但挺得很直，很有力感，眼睛既深又亮。整个儿看上去，像是一把过于锋利的刀削出来的，瘦，而有精神。

外貌描写，少年的单薄和后文海牛的雄壮构成鲜明的对比。

…………

他望着它：眼睛呈黑色，鼻孔喷出的气流冲倒了两旁的野草，一对如大象巨齿一般的犄角，有力地伸向两侧，然后拐了个很优美的月牙弯儿，角质坚硬，闪着黑光，角尖锋利得叫人担忧。它的身体仿佛是金属的，用巨锤砸出来，胸脯宽阔，胸肌发达，显出一团团强劲的肉疙瘩，脊背的线条几乎是用刀削出的一条直线，粗长的尾巴一刻不停地甩动着，发出“叭叭”的声音，把芦苇打得七倒八歪。

乌云又开始飞涨。先是小风，顷刻间，大风便呼啸着掠过田野，卷起枯藤萎蔓直入天空，冲击波使四周发出尖厉的树木折断声。他被压得抬不起头，只能侧着身子，用胳膊挡住眼睛赶着牛。掉雨点了，满是尘埃的土路扬着灰尘，如同飞驰过的一群野马。他抬头看了看面目狰狞的天空，要把牛迁到躲避风雨的地方。它像是好不容易捞到一个最利于它撒野的机会，死活不肯依允主人，用前蹄抵着地面。转眼间，暴雨来临。锯齿形的电光割开天空、和着惊雷，它兴奋得“哞哞”高叫。雨猛得像是一只怒不可遏的手泼浇下来，斜射下来的雨柱，组成了一道密不透亮的雨墙，四

按照时间顺序写暴雨的倾注，极力烘托这一路的艰辛，将气氛推到高潮。

周白茫茫，一个水的世界。雨喷洒着，迸射着，淹没了一切。闪电不断落进河流，发出熄灭的"呼嘘"声。

阿西确实已是一只长得很帅的公鸭了。一身厚厚实实的羽毛，包住了结实的身体。羽毛油光水滑，在阳光下闪闪发亮。修长的脖子，质地如同牛角一般的嘴巴，金灿灿的双爪，明亮的眸，与那群家鸭比起来，阿西更是光彩夺目。最值得阿西骄傲的，是脖子上那圈紫金色的羽毛。那羽毛是多么高贵啊，尤其是在阳光下。那是一个美丽的光环。

对一只公鸭的外貌的细致描写，使阿西浑身上下闪烁着迷人的光彩，和它正在做的"不光彩"的事情形成鲜明对比。

夜色中的荒原，弥漫着恐怖的力量。它一片安静，由于过于安静，让人觉得它是虚伪的。在它深邃的胸膛里好像潜伏着什么。风吹过时，它就会像一头叫不出名字的巨兽在酣睡中发出鼾声。荒原上的天空，像是正在飘

环境描写。以拟人的手法烘托荒原的深邃、可怕。

落下来的一张巨网。

按从上到下的顺序进行外貌描写，写出了这个少年阴柔美的特质。

这是一个很难得见到、很少有的英俊少年，岁数约在十七八岁上，头发自成微波，黑如墨染，耷拉下来，一直遮住眉毛，脸光滑、纯净，带有女性的秀气和柔润，不是眉间直下的挺削鼻梁和唇上刚出的茸毛显示其男性的特质，极容易使人误认为他是一个文静、安恬的女孩儿。

非常热闹的场面描写，从声音、情景、细节等各方面进行描写，将捕鱼的情景再现在读者面前。

这是一场震撼人心的“大型舞蹈”：捕鱼的人们，放开最大的音量，一个劲地叫喊着：“鱼啊！鱼啊！”一只脚非常急促地跺着一块活动的木板，发出“噼噼啪啪”爆竹似的声音。这声音，一是要将湖水深处的鱼震惊，逼它们游动起来，好让鱼鹰们发现，再则是给鱼鹰们鼓劲。桨有节奏地拍击着水面，激起满湖一片雾蒙蒙的雪浪花。小船就在这水雾中，流星一般来回穿梭。渔民们一会荡桨，一会撒网，一会伸出带钩的竹竿把抓住鱼的鱼鹰接到船上，一会又挥舞着篙子，催促鱼鹰们不得偷懒，赶快扎入水中。

夜，一切宁息着。金黄色的淡月，照着蔷薇谷，照着影影绰绰的远山。烟树里，几声山鸟含糊不清的啼声，衬出一番空虚，一番惆怅。

寥寥几笔，将幽静的夜晚勾勒了出来。

哑牛总是那么快乐，他将又脏又累的劳动变成了有趣的玩耍。卡车来收空筐了，他像玩杂技似的，把十只筐摞在一起，用头顶着，不用手扶，摇摇摆摆地走过去。他跟车去装菜，回来的路上，往菜筐里一钻，急得婶婶们直叫："哑牛，哑牛呢？"直到婶婶们急得大叫时，他才从筐里钻出来。他特别喜欢蹬三轮车。他屁股离开坐垫，把它蹬得飞快，常常是没到垃圾堆，上面的烂菜皮早已颠落掉一小半。遇到拐弯处，他猛一扳车把，一侧的车轮

通过一连串生动的动作描写，刻画了哑牛快乐、淳朴的形象。

常常是悬空的。碰到下雨天，他蹬得更带劲，哪儿有水塘，车就往哪儿去。“哕哕哕”，车后飞着两条白练。他摘下破草帽，抓在手里，一边摇，一边嗷嗷叫。孩子们紧跟着他的车，追逐着，叫喊着，朝他扔泥巴，砸烂西红柿。他不恼，反而更活跃。大一点的孩子，常常爬满一车子，要他拖着他们兜一圈。兜就兜，哑牛乐意，撅着屁股，蹬得直喘气。

在常熟的一所学校演讲

9. 『麦粒』心声

“麦粒”们心中的“麦场主”

与曹文轩面对面

如东县实验小学 502 班　冯　捷

总觉得曹文轩教授是一个虚幻的人，他应该是某个传奇故事中的神秘人物。因为能用那样优美的文笔、神奇的想象力写出《根鸟》、《细米》、《青铜葵花》、《山羊不吃天堂草》的人，应该不属于人世间。可是今天，曹教授却奇迹般地来到了我们学校——如东实小，来到了我们中间，与我们零距离接触。

第一眼看到曹教授，就感觉到他身上有着一股浓浓的书卷气，这股书卷气深深地感染了我。他穿着灰黑色大衣，文质彬彬地坐在讲台中央，微微地笑着，风趣幽默的自我介绍，妙趣横生的讲解，让现场气氛异常活跃。我出神地

孩子们制作的海报

倾听着他讲的每一句话，心中激动得像要从尘埃中开出美丽的花。他——曹文轩教授是我最最崇拜的作家呀！

曹教授根据自己数十年的教学与写作经验，送给我们四句富含哲理的话，令我今生难忘：1. 我与故事一起出生。2. 这个世界只属于那些细心的人。3. 无中生有。4. 我因阅读而高贵。

我把这四句话认真地记在纸条上，细细地叠好，放在衣兜里，那一刻，有一种静静的感动在弥漫、扩散……我也是一个爱听故事、爱读书、爱做梦的人呀！我经常梦见云和水在草地上飞，梦见它们和我一起去数天上的繁星，梦见汩汩流淌的溪流。原来——

这是一份美好的体验。

这是一种深邃的意境。

这是一个成长的历程。

我愿用稚嫩而敏感的笔触把它记下来，默默地期待着花开的那一天。

曹教授从北京风尘仆仆地赶来，从意蕴丰厚的小说中走来，他让我拥有心灵的阳光。

（指导老师：韩士新）

与曹文轩亲密接触

江苏省如东县实验小学 502 班　顾楷文

3 月 20 日上午，我们的班主任宣布了一条激动人心的消息：下午，曹文轩教授要来我校做读书专题讲座。

曹文轩！他不就是我从小崇拜的作家偶像吗？记得二年级时，在逛新华书店的时候，我偶然发现了这本好书——《草房子》。一回家，我就迫不及待地进入了那一座座神秘的草房子……那虽然是第一次读他的作品，我却已经被深深地折服了。同时心里又点燃了一个梦——要亲眼见到这位蜚声海内外的曹教授。

初春的如东，春寒料峭，冷风袭人，然而设在如东县实验小学的“我与曹文轩面对面”的活动现场却始终洋溢着一股暖意。也许是即将见到自己崇拜的人，心里很是激动。

分针滑过十格、二十格，他怎么还没来？千百双眼睛在焦急而又耐心地期盼着，我心中画了一个大大的问号。突然，大厅门口雷鸣般的掌声骤然响起。在同学们的欢呼声中，一位中年男人从后面缓缓走来，我定睛一看，啊，他正是曹文轩教授！此刻，我激动万分的心几乎要飞出！登上讲台，他自我介绍后，就切入主题，

排队等候签名的小朋友们

和我们讨论起阅读和写作的问题。

按照议程，讲座结束后就该举行签名售书的活动了。我出奇地大胆，竟然跑到曹教授背后，碰了一下他的衣襟。他转过头来，那一刻，我激动得说不出话来。曹教授亲切地与我握了握手。那双温暖的大手使我冰冷的小手立刻暖和了许多。他语重心长地对我说：“努力！”随即将签好名的书递给了我。这本书对于我来说如千斤巨石般沉重，它的含金量是难以言喻的。

转眼几个小时过去了，相见时难别亦难，我们多么希望曹教授能再多待一会儿呀！演讲时他总结的四句话又回响在我的耳畔：“我与故事一起出生；这个世界只属于那些细心的人；无中生有；我因阅读而高贵！”我的心似乎豁然了许多：这不仅是在教我们写作，而且还是在教我们做人，更重要的是，他让我们的理想之帆扬得更高了。

这时，一丝阳光掠过我的嘴角，用舌头舔舔，呵，竟是甜的！

（指导老师：韩士新）

激动的那一瞬间

如东县实验小学 502 班　韩家琪

葵花　学生作品

“太好了！”我们班的同学纷纷叫了起来。这是为什么呢？原来中国作家协会全国委员会委员、北京作协副主席、北京大学教授、博士生导师——曹文轩先生明天就要来我校做读书专题讲座和签名售书活动了！听到这个消息，所有的人都心潮澎湃，高兴不已。

第二天中午两点，我们排着队伍来到了求真楼一楼的多功能厅里，按班级坐了下来。等了十分钟左右，曹文轩教授终于来到了大厅里，他身穿黑色西装，面带着笑容，招着手向台上走，我觉得很疑惑：他是不是书上所说的学

2007年11月在江苏如东

问很高的曹文轩教授啊，怎么打扮得一点都不高贵啊？

他走上台去，高兴地说：“平时坐在我面前的是一些博士生，可今天坐在我面前的却都是小学生。”他的一番话把台下的所有同学逗笑了。接着他又说：“今天来，我要送给你们四句话。第一句：我和故事一起出生；第二句：这个世界只属于那些细心的人；第三句：无中生有。”“什么？无中生有？这不是贬义词吗？”台下有几位同学叫了起来。曹文轩教授心平气和地说：“在别的地方，它是贬义词，但在这里，它就是一个褒义词，因为写作文不就需要创造吗？”台下刚才几个叫的同学才恍然大悟，不好意思地把头低下去了。“接着刚才的话题，我要送给你们的第四句话是：我因阅读而高贵。”他把这四句话说了几遍，还让我们牢牢记住它。

这次活动让我终身难忘！我很希望学校以后还能举行这样的大型活动。

（指导老师：韩士新）

与著名作家面对面

如东县实验小学 502 班　叶柳卿

今天晚上，我的心情本来并不好，但一条突如其来的信息让我忘了伤感。信息的内容是这样的：

著名作家、北京大学教授曹文轩明天下午两点来我校做读书讲座，特此通告！

看完信息，我兴奋极了！曹文轩！曹文轩！多么神圣的名字！他居然要来我们学校做讲座，这真是我们实小人的荣幸啊！我转念又想，去年 10 月 22 日，我在如东实验中学听过他的讲座，并和他合过影，现在他又要来我们学校做讲座，会不会是一样的呢？他的脸是变年轻了还是变老了呢？无数的问题围着我的脑子转。爸爸劝我说："别想啦，明天看到他不就知道了！"我一想，也对，就去睡觉了。

好不容易等到去听讲座的时间了，我的心情很激动，把上次和他的合影也带了过去。来到会场，我们耐心地等待曹文轩的到来。时间一分一秒地逼近，离曹文轩到场的时间还有几分钟了，我的心弦绷得紧紧的，正当我想松松筋骨时，后面突然传来掌声，我的心弦一下子又绷了起来。

啊！曹文轩！我用力地鼓着掌。他的身上依旧斜背一个公文包，走路的时候很有风度，长长的风衣不时掀起一阵阵文字的墨香气息。同时，我注意到他那神态、面貌丝毫没有变化，他的脸依旧是那样年轻，眼神依旧是那样慈善，充满爱。

开始讲座了，他的声音依旧那样和蔼可亲，他说的话是那么的风趣幽默，那么的让人爱听。听着他的讲座，我仿佛进入了北大的教室，成了一名博士生……那种感受如沐春风，如饮甘露……

听完讲座，售书签名活动开始了。买书的人挤成一片，等待签名的人更是多不胜数。看着火热的场面，我不禁感叹：“曹文轩真是同学们心中的偶像啊！”我也不甘示弱，拿着自己带的书去签名！我拿着书和与曹文轩的合影，奔向签名处。终于轮到我了，我把书放到他面前，他“唰唰”几下就签完了。好有风度的字！不愧是著名作家。侧身刚想走，呀！我差点忘了请他在照片上签名了。我又回转身，把照片放到曹文轩面前，恭敬地说：“曹老师，这是我上次和您拍的照片，您能帮我签个名吗？”曹文轩看了看照片，笑了笑，在反面签了名。我高兴极了，又一次得到了他的签名！我连说着“谢谢，谢谢”。不知为什么，和曹文轩说话时，我的脸发烫得厉害，也许和作家说话就是不一样吧！

与著名作家面对面，是心与心的沟通！听大师一番话，胜读十年书！这次活动真令人难忘！

（指导老师：韩士新）

品味纯美，享受麦香

江苏如东实验中学初二（6）班　傅至诚

今天，有一套书可以感动你，那就是曹文轩纯美小说系列。

2009年5月　和孩子们一起玩踩高跷

今天，有一个地方可以感动你，那就是麦田。

他，曹文轩，创造了“麦田”——弥漫着纯美文学气息的圣地，我们如饥似渴地寻觅，“悦读”，在麦田里陶醉。

走近麦田，麦香四溢，荡涤了心怀；走进曹文轩的纯美世界，我们学会了感动。

曹老师以细腻的笔调描述了生活中司空见惯的点点滴滴。他用画家的眼光观察世界，细致的描写，真实丰满的人物形象，生动感人的故事情节，给人耳目一新的感觉。我翻开"纯美"的书页，总有一种震撼心灵的感觉，朴实的文字就像激荡的流水，缓缓淌入我的心田，触动着我的每一根神经，勾起我无尽的遐思。

读《青铜葵花》，我感动于主人公们患难中的真情；读《草房子》，我感动于桑桑不尽的欢乐与忧愁；读《细米》，我感动于细米的羞涩和对爱的执著；读《根鸟》，我感动于根鸟对理想与梦的追求……有时候，我梦想着在曹老师的引导下，徜徉于"麦田"，感受纯美的麦香，汲取纯美文学的滋润，甚至——做一颗麦粒，在这片广袤的麦地上，生根，成长……

"美的力量绝不亚于思想的力量。一个再深刻的思想都可能变成常识，只有一个东西是永不衰老的，那就是美。"曹老师如是说。

纯美小说，感动了读者，感动了青少年，感动了这个时代。只有我们真诚地对待生活，才能感悟曹老师的那份创作热情，享受那份流溢于心的麦香。当合上书的那一刹那，仿佛一切都没有结束，那份感动久久无法消逝。

（指导老师：周永红）

感动

常州市实验小学五（4）班　邱昱田

感动曾经、感动当下、感动永远。是的，曹文轩的作品感动着我们少年的心，让我们懂得苦难，不再如家中小皇帝一样奢华；让我们为童年的梦想感动，像桑桑那样，有着纯朴的聪明、天真的深刻，尽情享受童年；让我们走进如同世外桃源的乡村，与梅纹、细米共欢乐、共悲哀……

人生的苦难永远避免不了，只要我们勇敢地面对它，就会尝到苦难之后的甜果，在《青铜葵花》这本书中，作者就将苦难写得最深刻。在三月蝗灾期间，青铜家的米已不剩几斤，而稻子又全部被那蝗虫吃干净了，大麦地人的裤绳一天天地勒紧，他们都太饿了，救济粮也被附近几个村庄的村民抢光。青铜和葵花一同去芦苇荡采芦根，那甜丝丝的芦根竟是他们那些日子里唯一吃到的东西，可再到后来就什么也没有了。饥饿的日子里，

接受“小记者”们的访问与拍照

有一次为了一只野鸭，兄妹俩在一望无际的芦苇荡里走散了，那些芦苇似乎在与两个孩子开玩笑。芦苇刺破了青铜的脚板，那是多么疼痛，可青铜没有歇一下，一直寻找着妹妹。青铜多爱自己的妹妹，虽然不是自己的亲妹妹，但他却百般呵护着葵花，这令我感动万分，让我流泪，让我为青铜与葵花这种面对苦难不屈服的精神感动！

细米是一个野性十足的少年，他会带着一只狗穷追不舍一只野兔。然而，当女知青梅纹姐来到他家后，他变了，他变得乖巧。他爱上了真正的雕刻，他雕刻的东西充满了天真、活泼。在细米的世界里，最令我感动的要数细米护送胆小、瘦弱的女知青梅纹下地干活割麦的情节了，细米白天要上课，五更天又要送梅纹，这说明细米对梅纹已是情深意重，难舍难分了。

《草房子》是一个童年的梦，这梦有欢喜也有悲伤，这个梦发生在油麻地，一个美丽的乡村，一幢幢草房子里。这梦里有一个个可爱的人物：桑桑、纸月、蒋一轮、白雀、秃鹤……

孩子们为曹伯伯做的书签

今天，有一位作家感动着我，他就是曹文轩，他的作品让我体会到了美、正义、苦难、执着；有一个地方感动着我，那就是乡村，它充满了童年的梦，是一个美的世界；有一个个鲜活的人物感动着我，我为他们的品质、精神感动；更有文学的魅力感动着我，让我们为永远为文学的伟大而感动！

（指导老师：杨娟玉）

永恒的童真

——读《草房子》有感

如东实验中学初二（5）班　陈一凡

大师与我同行，大师伴我成长。《草房子》这部享有诸多荣誉、倾注了大师无数心血的作品，定然让每一个读者为之感动。

草房子，就是故事的舞台。草房子其实是一所小学——油麻地小学——一片充满童真的乐土。小学依山傍水，风和日丽，景致如画。草房子虽小，房子里的故事却千丝万缕。《草房子》的结构很别致，它没有完整一贯的故事，而是以桑桑这个善良敏感的孩子眼光，扫描了六十年代初南方水乡多彩的人生。

小说突出描写人物，相对独立的人物连缀编织成了一幅绮丽迷人的艺术天地，栩栩如生地描绘了各类人物的精神性格和心理气质，为我们提供了许多晶莹鲜亮、感人至深的艺术形象。我最感兴趣的就是秃鹤了。因秃头受到小伙伴们的嘲笑和取乐，他从高兴地答应，到碰不得，到故意用秃头来捣乱。受到众人的冷落后，

2008 年 3 月　浙江　来听曹老师演讲的孩子们

又用秃头悔过，成功了却大哭一场。这一系列的变化实在是有趣又真实，还能触动我的心。

《草房子》善于写人物微妙的情感关系，表现心灵的颤音和丝丝缕缕的酸楚和慰藉，强调人物的抒情性和心灵化。比如，桑桑母亲得知纸月身世后“倚在门框上，长长地叹了一口气”，就由衷地吐露了对这个没娘孩子的深切同情。

《草房子》主要写童年往事，是为孩子们吟唱的一首人生之歌。它追求的是一种单纯自然、清新灵动和意趣天成的美学风范。在当今的文坛，像曹文轩这样逆流而行，依然坚持美学的作家实在不多。他说自己从事文学创作“仅仅是出于一种兴趣，一种欲望”，“因为它满足了我的情感需要与审美需要”。

读完这本书后，我心里好似突然温暖了起来。或许这本书就是曹文轩为我们搭的一个草房子吧，里面有着永恒的童真。

（指导老师：徐新建）

别怕
——读《草房子》有感

如东实验中学初二（15）班　曹冰之

今天，我终于含着眼泪将《草房子》看完。这本书写了男孩子桑桑刻骨铭心、终身难忘的六年小学生活。

本书的小主人公桑桑是油麻地小学校长的儿子，桑桑生性顽皮，而且经常会做出一些令人发笑的举动：他为了养鸽子，居然把家里的铁锅砸掉，用卖废铁的钱去买鸽子；由于没有鸽子笼，他便把家里的碗橱改造成鸽笼；他打鱼没有渔网，居然把妈妈床上的蚊帐扯下来当渔网；为了引起别人的注意，夏天他居然穿上棉衣棉裤在校园里走动……当然这些稀奇古怪的做法也免不了遭到父母的一顿打骂。

这部作品格调高雅，由始至终都充满美感，整体结构独特而又新颖，情节设计曲折而又智慧，荡漾于全部作品的悲悯情怀，在人与人的情感关系渐渐淡漠的

《草房子》英译版

当今世界中，显得弥足珍贵，格外感人。

我在欣赏作品的同时也从桑桑想到我自己。在《草房子》中，一个“别怕”贯穿全文。而“别怕”这个沉重有力的词语也深深印在我的心里。人生就像是一个迷宫，到处都有死路，还有那无数面墙壁。“别怕”教会了我遇到困难不能退缩，要有知难而进的精神，尽自己的全力去克服；“别怕”告诉了我要无时无刻不去探索，去求知，去饱览无限风光，去感受大自然；“别怕”使我学会了用心品尝人生中的苦味，汲取教训，收获经验；“别怕”引领我走入人生。人生的迷宫中不能没有墙壁，不能没有死路，没有墙壁的迷宫如同白纸，同样没有挫折的人生也毫无意义。读万卷书，行万里路，我们要两者都不误。

《草房子》带给我们的实在是太多太多，让我们慢慢品味曹文轩的生花妙笔吧！

（指导老师：缪小燕）

读《草房子》有感

常州市实验小学五（4）班 尤 棋

在这个暑假里，我读了一本曹文轩的纯美小说——《草房子》，读完这本书后，我很感动。

这本书主要讲了桑桑的故事。桑桑是一个顽皮的坚强的小男孩，他住在油麻地（一个非常大的村子）。桑桑的爸爸是油麻地小学的校长，桑桑喜欢油麻地小学，喜欢他的同学和老师——秃鹤、纸月、白雀、杜小康、细马、蒋一轮……这些朋友和老师之间的喜怒哀乐，充满着整个校园，整个油麻地。

在这本书中，我最喜欢的是第九章《药寮》，这章主要讲了桑桑脖子上长了一个水泡，一开始家人没有在意，可后来越来越大，最后甚至疼痛难忍，但桑桑每天都还在坚持上学。有一次桑桑偷了爸爸几本很好的本子，这些本子都是爸爸所获得的奖品，爸爸暴跳如雷，拿起棒子就把桑桑打晕了。那水泡迅速变大，桑桑的爸爸发现情况后立即带着桑桑往县城的医院里去，连跑了几家医院，答复都是来得太晚了，无药可救。

爸爸把消息告诉桑桑的妈妈，她失声痛哭。随后桑桑和他的爸爸就开始了“求医风波”。当全家人已不抱有任何希望的时候，桑桑的爸爸决定圆桑桑的最后几个梦。桑桑的第一个愿望是打猎，于是爸爸决定带桑桑去打猎……后来，温幼菊老师知道一个老医生能治这种病，桑桑的爸爸决定带桑桑去完成最后的求医之路。他们连夜赶到那边，找到了这位老医生。经过老医生的精心治疗，桑桑的病好了。桑桑那么坚强，而我呢，有一点小痛就什么事都不想干。甚至以为生病就可以不做作业，不弹琴了，而不像桑桑那样，面对死亡还坚持上学，坚持做作业，心态乐观。

《草房子》也是一本感人的书，我第一次被感动是在第四章《艾地》中，秦大奶奶拼了老命去救学校里的一只南瓜，最后不幸去世。秦大奶奶是一个热情、执着、单纯和善良的老人，她那一颗饱经沧桑的灵魂，居然还是那么无瑕纯净。这小说有一种令人感动的力量。从秦大奶奶的故事中、从杜小康的故事中、从温幼菊的歌声中……读者会一次次地领悟，什么是人生的“沧桑”，什么是对理想的执著，什么是为梦想而感动。

（指导老师：杨娟玉）

坚强，杜小康

青岛香港路小学六（4）班　刘姝玥

杜小康是一个与众不同的孩子，他经历了与他的年龄不相符的折磨与苦难。原本，他们家是油麻地最富的，可是，在一场可怕的海上事故中，整个家庭情况一落千丈。

杜小康放弃了学业，但是，学习的渴望并没有丝毫的减退。虽然，他还是傲慢的杜小康，可是命运，已经让他在现实的面前低头了。一个渴望学习的孩子被迫退学，是怎样的痛苦啊！

现在，渴望知识、渴望学习的孩子还是很多，他们没有条件上学。而我们有条件上学的孩子中，总有些孩子感觉学习和作业是枯燥的，是让人厌恶的，这是多么鲜明的对比啊！

杜小康的坚强，让我佩服。面对困难，他没有一丝胆怯，总想着要东山再起。这些经历让杜小康变得成熟、稳重，让杜小康明白了怎样自力更生，这是多么值得我们学习的宝贵财富啊！

坚强的杜小康，坚强、坚强……

情景音乐剧《草房子》剧照

七彩的童年

——读《草房子》有感

如东实验中学初一（16）班 丛 芮

《草房子》这部文学作品是曹文轩叔叔撰写的一部现代著名长篇小说。它是曹文轩在继《山羊不吃天堂草》之后倾心奉献的又一部重要的儿童文学作品。

这部作品中，由一座座草房子组成的油麻地小学给主人公桑桑留下了快乐而又难忘的童年记忆——天生秃顶的秃鹤出于对尊严的执著坚守而演出的令人发笑又心酸的悲喜剧；在同学们眼中显得扑朔迷离的少女纸月的身世之谜；因为父亲经商失败而被迫停学的不幸少年杜小康不畏艰难，与厄运抗争的艰难历程；纯真的桑桑在生与死之间的徘徊……这一切为桑桑编织了一个七彩的童年，既清晰又朦胧地展现在桑桑的内心世界里，也深刻地留在我们的心里。

本书真诚而又富有诗意地歌颂了至真、至善、至美的人间情感，展示了富有独特风情的人生画卷。在本部作品中，作者对人物细腻的刻画使作品中的所有人物都在我心中留下了深刻的印象，尤其是桑乔这个复杂的人物。由于家境贫苦，桑乔十几岁就开始跟着父亲打猎，遭到了别人的鄙视，这样的日子他过了二十五年。而桑乔通过自己的努力，向别人证明了他的能力，从一个出色的教书先生升至小学校长。在工作上，他对学校、对师生都很尽心，却惟独遗忘了自己的儿子桑桑。直到他得知桑桑将不久于人世，他才意识到自己对桑桑的忽视。以前他只顾着工作，从没有给予过他父爱，现在，他准备以自己的行动来弥补。他为了桑桑，不惜暴露了自己以前遭人鄙夷的、低微的身份，不再看重工作中的荣誉，只想让桑桑快乐地度过最后的日子。

情景音乐剧《草房子》剧照

我感叹于桑乔

父爱的伟大，同时我更惊叹于杜小康不屈不挠的精神。杜小康家在油麻地的“红门”里，他们家是油麻地的首富，所以杜小康的爸爸对他总是有求必应。可在他爸爸拿了家里所有钱准备继续经商时，意外发生了，船翻了，他们家因此破产了，杜小康也停了学。懂事的他在停学后尽力帮助父母维持生计，在校门口卖东西，不怕苦，不怕累，而且一点儿都不感到自卑，每一天都过得很充实。从他身上，我学会了如何去面对学习或生活上的困难，我们不能畏惧困难，一定要勇往直前，保持良好的心态，度过每一天！

与大儿子坐在马路牙子上

阅读《草房子》的过程是快乐的，它让我懂得了许多。在今后的学习与生活中，它一定会成为我最好的朋友！

（指导老师：袁瑞华）

没苦，哪来甘甜

——读《青铜葵花》有感

如东实验小学502班　谢忆唐

青铜与葵花　牟耕谷绘

读完了《青铜葵花》这本书，我十分感动，这本小说让我永远都忘不了。首先，《青铜葵花》的题目十分吸引人，同时也让我感到好奇，它促使我一口气把它看完。

作者曹文轩把美写到了不能挑剔的地步，把爱写到让人流泪的程度。

是啊！不经历风雨，哪里有甘甜；没有付出，哪里有收获。有些大人对孩子娇生惯养，反而是害了孩子，因为不让他们经历一些风风雨雨，他们怎么能感受到成功的快乐？一旦遇到了较大的麻烦，想到的第一个念头就是退缩。而经历了重重困难的孩子不仅有坚强的意志，以后无论遇到什么困难都不会害怕。

（指导老师：韩士新）

读《青铜葵花》有感

如东实验中学初二（5）班　姜清尘

《青铜葵花》这部作品，前年我就看过了。看完后，我说不出什么感觉，但又实实在在地体会到纯洁的美和一股淡淡的悲哀。

通读全文，的确很值得流泪。当读到葵花为了给家里省钱而放弃一次珍贵的照相机会，当读到青铜为满足一位过路人的心愿而脱下自己的芦花鞋，在冰雪中步行了几个小时，当读到兄妹俩看不到马戏，青铜蹲下来让葵花骑到自己身上时，我忍不住要流泪，只为这纯美的文笔，这诗一般动人的情！

生活中人们总追求欢乐而逃避悲伤。但《青铜葵花》中这一段美丽的痛苦却涌现着贯穿此书始末的淡淡的悲哀，着实让我着迷，以至于一口气看完整本书也丝毫不觉疲乏。青铜、葵花这两个天真纯洁的孩子，已经历了许多风雨。他们懂事听话，懂得为家里分忧，这无疑是给一些城市中的孩子敲响了警钟。大麦地经

《青铜葵花》演出后

历了蝗灾、水灾、火灾，仍顽强地存活下来，这又是一种怎样的大麦地精神？让我感兴趣的是，一般文学作品都是用邪恶来衬托善良，用猜疑来衬托真诚，用霸道来衬托淳朴。而《青铜葵花》这部作品并未涉及到一个反面角色，却将善良、真诚、纯洁表现得如此淋漓尽致。一开始我以为嘎鱼是坏孩子，但渐渐我就发现这是错误的，当青铜奶奶病了的时候，嘎鱼送来了两只鸭，当城里派人将葵花接走时，嘎鱼帮青铜和葵花躲起来……所有的人物，都有声无声地表达着美好善良，曹老师真是用笔如神！

在文中，青铜是一个哑巴，但却勇敢顽强，将上学的机会让给妹妹，将妹妹的过失揽在自己身上，这个苦命的孩子正是大麦地人的写照。至文末，一声撕心裂肺的“葵花”则像一颗流星划破天际，给人以心灵的震撼。

我相信我还能看懂美，听懂美，读懂美。《青铜葵花》正是最好的证明。

（指导老师：徐新建）

痛苦与欢乐，硬币的正反面

——读《青铜葵花》有感

如东县实验小学505班　王滋景

这是一个男孩与一个女孩的故事。男孩叫青铜，女孩叫葵花。一个特别的机缘，让城市女孩葵花和乡村男孩青铜成了兄妹相称的朋友，他们一起生活，一起长大。十二岁那年，命运又将女孩葵花召回了她的城市。男孩青铜从此常常遥望芦荡的尽头，遥望女孩葵花所在的地方。

罗曼·罗兰曾经说过："我们应当敢于正视痛苦！欢乐固然值得赞颂，但痛苦也值得赞颂！这两位是姊妹，而且都是圣者。她们锻炼人类开展伟大的心魂。她们是力，是生，是神。凡是不能兼爱欢乐与痛苦的人，便是既不爱欢乐，亦不爱痛苦。凡是能够体味她们的，方懂得人生的价值和离开人生时的甜蜜。"

《青铜葵花》这本书中最令我感动的是第八章《纸灯笼》。奶奶为了让青铜、葵花穿上厚棉袄，不顾自己

2005年7月　在斯德哥尔摩

年老体弱，和那些年轻姑娘们一起去棉花田里摘棉花，结果晕倒在了棉花地里。葵花为了给奶奶治病，故意把考试给考砸了。葵花的孝心让我感动不已，葵花敢于直面生活苦难的勇气与顽强，更是深深地震撼着我。

生活犹如一枚硬币，痛苦与欢乐便是这枚硬币的正反面。我们不能一味追求生活中的欢乐，而无视生活中的痛苦。它们相辅相成，不可分割。只有敢于正视现实的苦难，不惧痛苦，才能体验到真正的快乐！痛苦之后的快乐，是一种升华，是一种至境。生活的剧变，痛苦的磨砺，是人生的宝贵财富！

我品读《青铜葵花》这本书，我的思绪飞得很远很远……

（指导老师：韩士新）

苦难·快乐

——读《青铜葵花》有感

如东实验小学 502 班　顾楷文

又是一个星期日，我再次拿起这本《青铜葵花》，细细地品味着其中的文字之美。这一次，它给予了我更多的启示。

在一次偶然的机会里，青铜和葵花成了朋友，并在变故中成为了兄妹。他们一起生活，一起长大，经历了常人难以想象的苦难与沧桑。这是我们今天绝大多数孩子都不可能去亲身体会的。

这是一段苦与痛的历史，是一段爱与美的洗礼，更是生命化蛹成蝶的历程，唯有冲过去，才可以挣脱束缚我们的绳索，展开双翅，在天地间尽情翱翔。

时代的苦难是普通人难以避免的。即使是在社会飞速发展的今天，我们每天仍会耳闻目睹到一些苦难。我们每个人都会有苦难，困难就是厄运，它不可避免，

曹老师的演讲太动人了

它总在不经意间发生。所以，我们应该正视生活，坦然面对苦难。

追求快乐是人的本性，是无罪的。可无视生活的苦难，一味追求表面感官的快乐，却是不可取的。当痛苦真正来临时，又有何快乐而言呢？只有在认识苦难之后的快乐，才是一种真实和有质量的快乐！

我们应当正视苦难，尊重苦难！快乐固然值得赞颂，但苦难又何尝不值得赞颂呢？

《青铜葵花》中，那样的一种庄重与忧郁，美丽与至爱，冷酷与幸福，我们今天的许多人都已经不大懂了。其实，青铜与葵花在苦难中不乏风度，在幸福中又不失优雅。

只有在少年时就有一种苦难中的风度，长大后才能成为生活的强者。凡是不能兼爱欢乐与苦难的人，便既不爱欢乐，又不爱苦难。凡是能体味《青铜葵花》的人，才会懂得人生的价值与甜蜜。或许，这，就是这本书要告诉我们的。

合上书本，我再次陷入了沉思……

（指导老师：韩士新）

美与痛的另一种诠释

——读《青铜葵花》有感

郑州市黄河路三小六（4）班　赵宁然

伴随着一种朦胧而又诗意的美，一种明显而又悲壮的痛，我的目光走到了书的尽头，漫长几日宛如一梦，尽管我不在梦中。

我不了解那是什么感觉，是美？是痛？当葵花离开后，青铜那摄人灵魂的呼喊，相信在我们心中是美也是痛！那是震人灵魂的美，更是震人灵魂的痛——当我读到为了让葵花看到马戏，青铜让葵花骑在身上站了一晚时，那一刻，心头漾起的是感天动地的美，感天动地的痛；当我读到为了让葵花在自家的灯下写作业，青铜用南瓜花儿抓萤火虫做灯时，那一刻涌入脑海的是世界上最真诚的美，最真诚的痛……因此，在曹文轩的笔下，美与痛是并不矛盾的，它们像一对姐妹，相伴、相知、相行。

懵懂中，青铜一家冲出了他们那仅可以住的房子，大风掀起了房顶，随即大水冲袭而来，他们与全村人

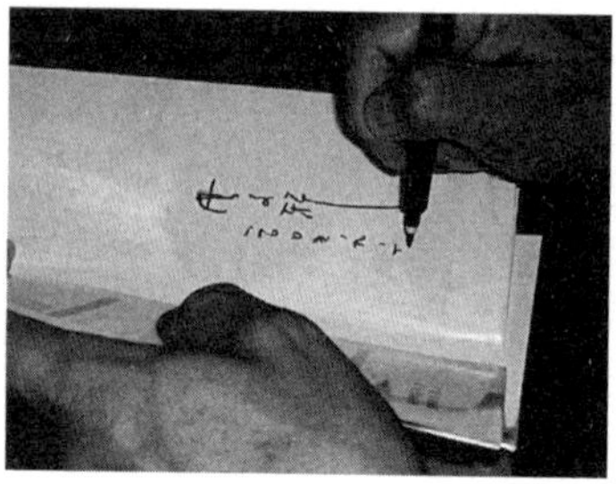

曹文轩签名

在学校得以躲过天灾，然而一切过后，他们的房子成了废墟，这可以算是痛到了极致，然而痛定思痛，他们的痛却换回了一家人的团结，他们每个人都奋力为这个家尽自己的一份绵薄之力，尽管这个家是残破不堪的……他们的痛被演绎到极致，美也发展到极致。

其实，美的含义在人们的心中被神圣化了，在我们心中变得遥不可及。帮助别人——美，关爱别人——美，见义勇为——美，似乎只有做很难做到的事才算美。但在我看来，美在每个人的天性中，每个人都能够创造美;而痛苦更被人丑恶化了，因此书的《代后记》中，曹文轩用以下一段文字概括书的内容:“我们应当正视痛苦，尊敬痛苦，欢乐固然值得赞颂，痛苦又何尝不值得赞颂……”我认为这段话为我们对美与痛进行了另一方面的诠释，正如书中的青铜和葵花，他们被命运置于无穷的痛苦之中，但他们的生命之树却绽开了一朵又一朵那样美丽的花，这也就说明痛苦与欢乐、美丽与丑恶是连体的，正因为痛苦的打击才有这样的美丽。

啊！美丽与苦难相比，一是个结果，一个是过程，没有美丽也许会有苦难，但没有苦难必定没有美丽！

读《根鸟》有感

如东实验中学初二（4）班　卞云佳

在这本书中，我印象最深的是：

根鸟走入了茫茫的沙漠之中，骆驼队为他的寻找增添了一丝生气，但是骆驼队里没有一个人相信他，有一个老者曾对他说过：“不管别人说什么，你只管走自己的路。”正是老人的鼓励，使他增添了一丝勇气，并不断向前走着。

老人的话让我想到：每次自己定的目标低或高时，每次自己说的话坚定或犹豫时，别人总喜欢用一两句话来评价你，在你听来，觉得他们说得有理时，自己的信念已开始动摇，之后全然否定自己的想法。我们就是要学会在别人的评价与谈论之间，坚定自己，肯定自己。

下个星期将要举行我校一年一度的体育节，我们班有一个女孩子，平时跑得并不快，但是她报了800米。这对于连50米都跑不好的她，是一个挑战，别人都说她不可能跑好，她不行。终于，她也实在接受不了，放弃了。我想告诉她，别人的评价怎样，好或不好，

在老家院子里

都不要在意，要用实际行动去说服她们，要在别人的闲言碎语中坚定自己的理想与目标。“走自己的路，让别人说去吧！”——这一句话是鼓舞我的最好的话，我们也要将这句话印在心上，时刻鼓励着自己。

《根鸟》这本书不仅是一篇长篇小说，更是启迪人生的教本，让我们不断学习着作者的写作技巧与奇特的构思，使自己得到提高。

《根鸟》是一本益书，更是一本生活的教科书。

（指导老师：朱　皓）

一切只为追梦

——读《根鸟》有感

如东实验小学 502 班　顾楷文

夜，再次降临人间，她满眼泪水泼洒下来，让它们晶莹地破碎，化作繁星。有多少人进入了梦乡？有没有人像根鸟一样梦见了什么？

根鸟，一个有梦的孩子，在梦里见到了他的目的地——长满了百合花的大峡谷。从此，便开始了他倍感辛酸的的追梦旅程，开始了他的人生之路——一条充满神秘色彩和艰辛的路。他很幸运，终于找到了那个如天堂般的大峡谷。

途中，他曾在米溪过着幸福的生活，但没有忘记自己的追求；在鬼谷过着艰难的生活，却仍然憧憬着瑰丽的大峡谷。他接受了困难的挑战，经历了无数的坎坷。他在幸福中遭遇苦难，在苦难中品味幸福……根鸟有哭有笑、有悲有乐。

可这一切，又究竟是为了什么呢？就是为了那个长满百合花的大峡谷的梦。这个梦是多么富有象征意义啊！

当根鸟沿着直觉向梦走的时候，他没有怀疑，他认为找到那个大峡谷是他人生当中最神圣的事业。根鸟为梦而奋斗，他的梦似乎遥遥无期，不可实现，但他却毅然走下去。实现梦想是他的全部，他没有理由不勇往直前。

《根鸟》 韩译版

梦，其实是一个永恒的目标，一种长久的信念。正是这个目标、这种信念，才激励着根鸟一步步地迈向成功。

其实，每个人都有自己的梦，自己的人生目的地。我们的人生路，应当通往每个人的梦，只要我们努力了，结局只有两种：第一种是成功，第二种是失败。但，不论是成功或失败，至少努力过！

《根鸟》是一本让人受益匪浅的好书，它让我好好地反省了一下自己。

（指导老师：韩士新）

倾听成长的声音

如东实验中学初二（10）班　王文姣

人在成长中经历过风风雨雨。也许你的一生在平凡无奇中度过；也许你的一生在轰轰烈烈中度过；也许你的一生在艰难曲折中度过；也许……成长中经历的事都势必挥之不去，拭之不灭地烙在我们的生命里。

《红瓦黑瓦》这本书的内容把我折服。读书时自己与书中人物情感融为一体，起伏与共，一起经历特定人生段的烟云风雨。它丰满的故事情节，鲜明的人物形象，诗意的氛围与华丽的语句令我怦然心动，重温已然远去了的年代。

可以说，阅读《红瓦黑瓦》如同在倾听成长的声音。那青春年少的记忆中，既有阳光的照耀，春风的吹拂，又有暴雨的袭击，狂沙的扑打；既有温馨的友谊，脉脉的恋情，又有微妙的人际间的隔阂，甚至有明枪暗箭般的仇恨。

从书中我们可以清晰地听见骨骼生长的响声，与青春萌动的灵光，清晰地了解生活中的经验，开扩视野。

倾听，倾听自己成长的声音，成长中也有烦恼，也

鸽子，是曹老师的最爱

有喜悦，人会随着成长而长大，了解世间万物，成长也绝不仅仅是时间的流程，更重要的是成长能使人成熟，知道怎样去审视万物。在成长中能够得到快乐，充实自我。而成长也是烦恼的。少年处于青春期，在青春期间的少年有逆反心理，心烦易躁，如一颗定时炸弹，随时会爆发。但不同的人物各自有其不同的生长状态。

成长是一种奇妙的声音，它不惧车辆的嘈杂声、人类的呼喊声，仍在各个角落发出自己的声音，虽然，《红瓦黑瓦》写乡村少年的成长心声，但是它足以打动城市中日夜奔跑的人们。成长需要自己去听，需要他人去听，给予帮助。仔细听成长的声音，那将会听出自己将要行进的方向。

打开心去倾听我们的成长的声音，那也会使自己受益匪浅。

（指导老师：金　艳）

爱的边缘

——读《山羊不吃天堂草》有感

如东实验中学初一(18)班 王 妙

明子从小豆村来到了一个大城市,他曾经以为这里是天堂。是啊,时髦女郎走过时馥郁的芬芳,光芒万丈的大楼,都让他目眩神迷。可是渐渐的,他发现,他们这样不起眼的人永远也融入不了这里,过去不会,现在不会,将来也不会……

曹文轩教授独到的思绪,那样真实地勾勒出了城市边缘贫穷的人们的形象与心态。在他的《山羊不吃天堂草》里,明子,一个懵懂而即将走向成熟的孩子,就在冬日的寒风里,和一群同样窘迫的木匠一起缩在马路牙上,睁大眼睛,渴望找到一份能解决温饱的活计。可是,他们得到的,总是冷漠。可你要说,同情心总会有的。是,这是最美的情,可是,有时,它却是有可能伤人的。

曾看到一个盲人，动情地拉着胡琴，却并没有像旁人一样摇头晃脑，而是矜持地保护着自己那一份尊严，没有因为一枚叮当作响的硬币弯腰感激。我确信，这在他看来，是一种堂堂正正的谋生之道。同时，这又是一种哀怨情感的宣泄。很多人一脸同情地望着，我要感谢这些充满同情心的人们，他们焕发出人性的明亮的光辉。不过，我也想说，不要一脸同情，我知道你们出于真心，但是，对于这位演奏者来说，却会带有一定的侮辱性。他之所以没有低三下四地跪着乞讨，而是选择了拉胡琴，就是为了不让人去同情他，因为他是一个能凭自己的能力来生活的人哪！

城市，是很多人梦想开始的地方，它绚烂无比。可是，在它的边缘，却有一群和我们一样拥有情感、躯体和灵魂的生灵，饱尝着人间疾苦。我们总是在他们面前翩然走过，把幸福的影子留给他们去回忆。多么残忍！另外一些善良的人们呢，也总用同情的目光望着他们。这其实只会加深他们的痛苦，可能让他们变得愤世嫉俗。面对他们，我们只能报以一个不含同情的微笑，或者送上一句贴心的话，告诉他们，他们还没有被抛弃。

麦田深处的幸福

——读《细米》有感

如东实验中学初三（5）班　张珈境

微小的幸福与温暖，在我和你的生命中，不断地出现。

以前我一直相信我是一个极端的人，热爱卡夫卡的《城堡》，CLAMP 的《圣传》，还有由贵的漫画。

直到看到曹先生的书。

“美的力量决不亚于思想的力量。”他如是说。

所以，只因了这一句话，便倾心于他的那些带着乡土气息，纯美而温暖的故事。

最近读的是曹先生的《细米》，橙黄色的封面，大片大片的金黄色，一个少年呆呆地在稻田前守望。

他守望的是什么呢，是幸福么？

细米，本来是一个单纯的男孩子，和其他所有乡村里的孩子一样，他爱脸红，喜欢在田间和同伴嬉戏，与表妹红藕两小无猜，一同长大。然而随着来这里插队的女知青的到来，这个叫梅纹的女子，改变了他的生活。他们初次相见，彼此就有了一种奇异的感觉。在后来漫长而温暖的岁月中，细米一边在梅纹的引领下走向前方，一边开始暗恋着她的声音、她的举止以及她身上所有的一切，而她在那段孤独无助的时光里，似乎亦更深刻地陷入了一种对于细米的不可名状的眷恋。一种非恋情的恋情，在一个到处是河流与芦苇的水乡世界中令人感动地展开着，处处风采飘逸，处处诗意流动。

“月亮越升越高。是个好月亮，薄薄的一片，十分纯净。天空蓝得单纯，偶尔飘过云彩，衬得它更为单纯。天空与月亮，就像一块蓝色的绸子展开了，露出了一面镜子。”这就是梅纹和细米登上芦苇丛中的瞭望塔，看到的大自然神秘而美丽的景色。细米生来便有一种发现自然中美的天赋，淘气而又腼腆，瘦小而又胆大，充满了想象力，更有自己的主见。我相信细米的不少非凡举动一定会引起读者的兴趣的，如他惩罚小七子，如他骑发疯的大白牛，如他为了梅纹而去偷考试卷子，但最让我倾心的是他用一把小刀满世界刻下的图像，还有他在竹林背后的高墙上创造的一幅巨大的“壁画”。这就是细米最大的不同之处，是他的“精神之美”所在。而对应的，梅纹能够以她的不同于乡间的女子独有的敏锐的感觉，来开发引导细米。在梅纹的启发下，细米对于艺术有了一种心灵的自觉，于是他在精神上走向了成熟。

梅纹曾满腔热忱地推荐细米参加县文化馆的展览，可是当文化馆的人很敷衍潦草地处置细米送来的作品时，梅纹气愤了，指责他们是不懂艺术的“白痴”，同时也放弃了让社会承认细米的艺术的念头。小说的

2005 年 7 月　在挪威花树下

进一步发展告诉我们，文化馆看得上还是看不上细米的艺术作品已无关紧要了，重要的是艺术带着细米的精神不断地飞升。因为艺术，细米的生命才变得更优美，不仅细米，对于每一个人来说都应该是如此。这就是曹文轩要在《细米》这部小说里告诉我们的。正如前面所说，细米生长在乡村，虽然有些野性，但他的心灵先天就孕育着艺术的元素。梅纹来自城市，她对艺术有一种自觉的认识，但她面对细米浑沌的艺术世界时也感到了新奇和迷惑，她后来终于明白了，细米以及他父亲这两人的“心灵与血液里暗藏着与艺术息息相通的东西”，她对细米的帮助与其说是引导，不如说是共同创造。所以，我认为，从思想主题上说，《细米》完全超越了传统的成长小说，贯穿着一种民主、平等、自由的现代思想。但在审美思想上，作者却采取一种反现代的姿态。读曹文轩的作品，可以发现他始终在追求着、捍卫着古典审美理想，这简直说得上是力挽狂澜之举。我一点一点地看着《青铜葵花》《草房子》

《山羊不吃天堂草》，一点点融入那些平淡的故事中。平淡，然而温暖，《细米》同样如此。曹先生在这个文学创作有些浮躁的年代，坚守着那一片自己的麦田，悠然沉浸于自己的，带有乡土风情的，温暖的故事，并且如此这般，温暖了所有人。

阅读《细米》，心灵得到了一次美丽而纯净的旅程。在这本书里，我们看到最多的是它不断渗透的人性美，超越自我的审美，同时也含着忧伤的淡淡的诗意，从这里，我们能看到最为美丽纯洁的感情，也能切实地感受到作者向我们所传递的那种古典大气之美。

曹先生在 sina.com 上的 blog 名为“麦田”，他写道：

“我仿佛是独自漂流到一座孤岛上的人，忽然看到了天水相接的苍茫处，悄然滑动着一叶帆，而且这片白帆显然是朝这座孤岛悠悠而来。”

朋友说，这样一句简简单单的文字，便如恋人的一个淡淡的微笑，让你的心在一瞬间春暖花开。

他在为《幻城》作序的时候，说在中国的少年作家中，有这样的作者，对他是喜悦与安慰，我想，在中国的文学史上，有过这样一位用文字给人带来那么多幸福与温暖的大作家，对我们来说，又何尝不是一种喜悦与安慰呢？

这是我们的，麦田深处的幸福……

（指导老师：叶敬国）

稻香渡里的风景

台湾台东大学儿童文学研究所98年暑期班　董健玲

从前我看小说总是贪快，巴不得早点知道故事的结局。这回听了曹老师的课，才明白以往看小说的方式还真是糟蹋小说，最多只能称上看“故事书”吧！这回，我特意放慢看书的速度，试着将人物与风景联系起来，看看风景怎样起着衬托或烘托人物的效果，风景和人物如何结合起来，希望能看出不同的趣味。

“领略天地万物的妙处与万种风情”的方式，就在梅纹引领细米观察事物、细米带梅纹上瞭望塔的同时传授给读者，这就是所谓“凝视”的秘密。首先是用心，仔细地、慢慢地、深入地看，“目光不能太快、太浮，要学会停住，凝视，也就是说盯着看。你看着看着，就会发现事物呈现出许多新鲜的东西，是你过去根本没有发现的……”看的时候要尝试从上下左右不同的角度看；梅纹以叶子为例说：“就说这片树叶，你仔细看，看见了吗？阳光正从它的背面照过来，你看，它是有脉络的，多好看！”很多时候，角度与时间稍有一点差别，看到的也大不相同。细米带梅纹上瞭望塔时，特意数着台阶，不能多也不能少，在第十五级停了下来，那是看金色水路最好的时间与角度：“一个月里，就是这几天才能看到，等月亮再升高一些，这路就短了，就不好看了。”再往上到二十二级，朝东边看，才是看像许多眼睛在眨、又像蓝色小精灵的草虾的最佳位置。再向上登，转向西方看芦苇，随着月亮爬升，“月光如潮水一般开始漫泻。‘雪地’在扩大，一个劲地在扩大，并且越来越亮，真个是白雪皑皑了。起风时，‘雪地’澎湃起伏不定，又有了海浪的形状”。若不是通过仔细的凝视，又怎能发现其中的奥秘？发现动人心弦的壮丽？再进一步，将观看的对象与整个世界连结起来，微观的同时又宏观：“稻香渡到处是大河、小河、河汊，那叫什么，叫水系。而这片树叶的脉络就是这个世界上最小最精致的水系。”如此一来，整个世界立刻有了新的意义，处处呈现新风貌，再不是一成不变的，风景成了反映、观察内心世界的一种方式。

在稻香渡中，以许多不同的技巧结合风景与人物，早使读者在心中将人物置放在风景当中，与风景融合在一起。一说起梅纹和细米以及其他许多人物，脑海里同时便出现一幕幕风景舞台，伴随着角色不同的心境，转换五颜六色的灯光，立体地将他们的喜怒哀乐呈现出来，召唤出大千世界中最动人的故事。

心灵的回音壁

——读《野风车·阿雏》有感

如东实验中学初二（19）班　高艺磊

北京的天坛里有一座回音壁，你向它喊出什么，它向你回应什么。其实，每个人的心就是一座回音壁，它给予，它接受。

《阿雏》这篇小说就写了一个少年心灵蜕变的过程，在开始，他对别人很不好，所以也没有人关注他。最后，他用生命护着一个小朋友，别人也发现了他的价值。

生活中，也是这样的。当我们把自己的微笑送给别人的时候，获得的是更多的微笑，还有珍贵的友谊；当我们把泥土抛向别人的时候，泥土会把自己弄脏。

我曾听爷爷讲过这样一件事——

在一次战争中，敌机抛下一枚炸弹，一位老战士看见一个小战士完全暴露在外，便在一瞬间跳出去，扑倒那位小战士，“轰”一声巨响过后，老战士环顾四周，目瞪口呆，他发现，自己原先藏身的巨石已经粉身碎骨，他救了别人，也救了自己。

写到这儿，我突然想起了一句佛语：“爱出者爱返，

等待签名的孩子们与等待签名的书

福往者福来！”

接受与付出，原来如此简单，只要你做了那“施人以爱，赐人以福”的人，你不仅将得到自己心灵的回音，也会得到别人回赠的爱心与福祉，何乐而不为呢？

（指导老师：周永红）

《甜橙树》读后感

青岛市北区实验小学六（2）班　陈倩民

假期里，我读了著名作家曹文轩的作品《甜橙树》。文中的主人公弯桥是一个小时候得过脑膜炎、有严重后遗症的残疾孩子。他的四个小伙伴——四个健康孩子对在睡梦中的弯桥做了一个恶作剧。

甜橙树下，他们把用尿和的黑泥涂在熟睡的弯桥脸上。当他们在为自己的"杰作"得意忘形之际，被笑声惊醒了的弯桥却倾诉了自己的梦境，梦见了自己与他们四个所发生的故事，为他们对自己的帮助而感激得泪光闪闪。四个孩子被弯桥的美好内心深深感动，对自己的行为感到无比惭愧。

读了这部小说，我感触很深。将心比心，我们对残疾朋友不仅要有同情心，更要有爱心，他们需要全社会的关爱。弱者比我们更高贵，更富有人性，更善良。弯桥沉醉在自己的倾诉之中，他的一切不仅仅感动了四个孩子，也会深深地感动着所有有爱心的人们。

在生活中，爱的奉献已将我们和残疾朋友紧紧地连在一起。北京残奥会的圣火，引燃了全世界关心残疾

2008年9月 盐城

朋友的爱心，照亮了残疾朋友奋发向上的道路，让他们实现了超越自我的价值。我相信：只要人人都献出一点爱，这个世界将变成美好的人间！我们的社会将更加和谐，我们的生活也将更美好。

（指导老师：赵 霞）

3. 『麦穗』拔节

麦田小·剧场

葵花田

清华附小 01 级五（4）班　刘子嘉

第一幕

时间：青铜五岁时的深夜

地点：大麦地中青铜家附近

人物：青铜、青铜父母、其他众人

背景：在大火中

启幕：大麦地着了一场大火。大火中，有许多人的叫喊声。

其他众人：“芦荡着火！芦荡着火！”

幕中：青铜的家人和大麦地里的人正逃出大麦地。

青铜母亲：“宝宝，别怕；宝宝，别怕……”

幕中：鸡鸭牛羊有的往火里跑，有的跑了出来，无数的小孩在哭叫。

其他众人：“你想找死吗？这羊，傻啊！”

谢幕：大麦地被烧成了凄惨的黑色，青铜在妈妈的怀中发抖。大火过后，青铜发烧了五天，退烧后，一个原本说话流利的孩子，却成了一个哑巴。

第二幕

时间：青铜和葵花孤独的时候

地点：大河边的两岸上

人物：青铜、葵花、葵花父亲

启幕：从此，青铜的世界改变了。他想上学，然而学校不收，所以青铜变得很孤单。而葵花的出现，使青铜感觉到世上他不是最孤单的。

葵花父亲：“去大河边玩儿吧！”

谢幕：大河两岸是孩子们快乐的天地。在接下来的日子里，葵花每天都会看见青铜，青铜在对岸给她做着技艺表演，现在青铜和葵花不再孤单了。

第三幕

时间：夏天的夜晚

地点：葵花家附近

人物：葵花、葵花父亲

背景：向日葵的味道

启幕：南风轻轻地吹着，葵花父亲闻到了一股葵花香。而爸爸

2009 年 5 月　浙江　在孩子们中间

的作品一直以来也是用青铜做的葵花，因此葵花成了爸爸的一部分。

葵花父亲：“不是一株两株，而是成百上千株。我们去大河边。”

谢幕：葵花和爸爸闻到了河对面的葵花香。第二天一早，当葵花醒来，爸爸不见了。

第四幕

时间：早上

地点：葵花田

人物：葵花父亲

背景：葵花田

启幕：爸爸在太阳还未升起时，带上了写生用具去了大麦地，顺着葵花的香味，看见了葵花田。葵花使爸爸很吃惊，爸爸观察着它们，并在画布上涂抹，一时忘了一切。

葵花父亲：“造化啊！”

谢幕：爸爸在这株株都比他高的葵花田里走着，几只蜜蜂使他有点儿发晕。

第五幕

时间：下午

地点：河

人物：葵花父亲

背景：河

连幕：爸爸在河边遇到了可怕的旋风，把画都刮到了水中，他想去拿，可自己又掉入水中，在河里挣扎着，他想再看葵花一眼，可岸上只有那棵老槐树。

第六幕

时间：第二天。

地点：葵花田。

人物：葵花、青铜、其他众人。

启幕：有人发现爸爸落水，大家都去看，葵花也跟着去了，她在人群中蹿来蹿去。

其他众人：“有人落水啦——有人落水啦——”“谁落水了！”“谁落水了？”

幕中：葵花一眼就看见了画夹与画稿，一下子确定了落水者。

葵花：“爸爸！爸爸！”

幕中：葵花非常伤心，而在爸爸落水后的一周，葵花不见了，谁也没有找到她。然而青铜在葵花田中发现了她，谁也不知道她是怎么来的。

葵花：“我看见爸爸了，爸爸就在葵花田里……”

其他众人：“这孩子的额头，滚烫！”

谢幕：许多人护送着葵花，在去往医院的路上。那天下午，狂风暴雨使葵花的花瓣都落尽了，土地上满是金黄的花瓣，一只只失去光彩的花盘，垂着……

（**剧终**）

桑桑做渔网

余杭信达外国语学校 504 班　裘夏妍

第一幕

时间：一天下午

地点：河边、屋里、船上

人物：桑桑、温幼菊（女教师）、桑桑的母亲、柳柳（桑桑的妹妹）、阿恕等人（桑桑的朋友）、路人甲、路人乙

【桑桑站在河边玩，看见停在河面上的渔船上，渔民在打鱼，心里痒痒的，也想做个渔网打鱼，便立刻冲进了屋里。他相中了支在父母大床上的蚊帐，三下五除二将蚊帐扯了下来，找来剪子、竹竿，把蚊帐改造成了渔网。然后叫来阿恕等人，撑了一条放鸭的小船，打鱼去了。

路人甲：（疑惑地）桑桑，你这是啥网啊？真高级！

路人乙：（一样的疑惑）用啥做成的？咋做的？

桑桑：用蚊帐。不用蚊帐用啥呀？

众人：（捧腹开怀）哈哈哈……

温幼菊：（担忧地）桑桑，你又要挨打了。

【中午，桑桑的母亲回来了，见竹篮里有两三斤虾。

桑桑的母亲：哪来的鱼虾？

桑桑：是我打的。

桑桑的母亲：（将信将疑地）你打的？

桑桑：我打的。

桑桑的母亲：你用什么打的？

桑桑：（有些不耐烦地）就这么打的呗！

第二幕

时间：中午

地点：餐桌上

人物：桑桑、桑桑的母亲、柳柳（桑桑的妹妹）

【饭做好后，一家人高高兴兴地吃着鱼虾。

桑桑的母亲：桑桑，你用什么打鱼虾啊？

桑桑：（嘴里含着一只虾，支支吾吾地说不清楚）我用……那……那个……

桑桑的母亲：（放下筷子，耐心地等桑桑吃完虾，又问）桑桑，你到底用什么打的鱼虾？

【桑桑一手抓着筷子，一手托着饭碗，想离开饭桌。

桑桑的母亲：（用不可违抗的语气）你先别离开。你用什么打的鱼虾？

【桑桑退到了墙角里。

柳柳：（一边有滋有味地嚼着虾，一边高兴地不住地

1999 年　金鸡奖颁奖现场

摆动着双腿，一边朝桑桑看着）哥哥用网打的鱼。

桑桑的母亲：他哪来的网？

柳柳：用蚊帐做的呗。

【桑桑的母亲放下碗筷，走进了房里，过了一会又出来了。桑桑看见母亲出来了，拔腿就跑。

桑桑的母亲：（愤怒地）该死的小兔崽子！

【晚上，桑桑回来了，母亲没有打他，只是把他的蚊帐扯了下来。第二天起来桑桑被叮得浑身上下都是红包，左眼红肿得发亮。】

（剧终）

细米

杭州市余杭信达外国语学校 503 班　朱家豪

地点： 稻香渡（一个村子的名字）

时间： 夏天和秋天

人物： 细米（书中的主人公）
三鼻涕（细米的好朋友）
梅纹（细米认识的一个女孩）

第一幕

【梅纹得知自己已成为稻香渡中学的一名教师，大约过了一个星期，突然收到了一封来信。看完这封信，她泪水盈眶，甚至哭出了声。细米一家人不知道发生了什么，但却又见梅纹的脸上只有激动与喜悦，感到十分困惑。

梅纹：（颤抖着拿着手中的信）爸爸妈妈打听到我插队的地方，来信了……

细米的妈妈：（紧接着）他们都好吗？

梅纹：好，都挺好的。他们离家后，一直住在山里，就在那里劳动，也没有什么。信中说，他俩吃得香睡得香，妈妈长胖了，爸爸原先有高血压，现在也治好了。爸爸还是离不开那些木头，说那山里有一种树，材质好极了，特别适合用于雕刻。爸爸说，等回苏州的那一天，他一定要带一些回去。他们说，用不了多久，他们就能回苏州城里了……

【听罢，大家脸上露出了笑容。晚上，梅纹给爸爸妈妈写了一封长信。写完信，已经是深夜。梅纹拉开门，走到屋外。外面月色清亮，那道白栅栏显得比白天的长，但根根可数。她甚至能看到爬上栅栏的牵牛花是淡紫色的，像一只只小喇叭。

梅纹：（一边看着窗外的月色，一边说）爸爸妈妈，我在这儿过得很好。

【她微闭双目，仰望着夹杂着一颗颗璀璨明星的深蓝色天空，嘴角露出了一丝淡淡的笑意。】

第二幕

【夏天过去，秋天来了。那些被暑热搞得精瘦精瘦、眼睛都变大的孩子们，在开学那天，都从四面八方赶去学校。

孩子们：（一边跑，一边说）咱们比谁先跑到学校。

【梅纹与稻香渡的全体老师一道站在大祠堂的廊下，向校门口望着，用目光迎接孩子们的返校。她有点不好意思，甚至有点胆怯。

老师：（笑了笑）梅纹啊，以后你做事可要认真负责哦！（用手摆正了眼睛上那副高度近视眼镜。）

梅纹：老师，你就放心吧。

【当孩子们路过大祠堂时，总要以新奇的眼光望着梅纹。梅纹偷偷把脸一侧，然后害羞得低下了头，她的脸由黄变红，像一只熟透了的红苹果。

孩子们：（看着梅纹，嘻嘻笑着）快看，有人的脸变红苹果了。

老师：（面容严肃）你们这群小兔崽子，谁允许你们笑她的？快到一边去！

第三幕

【梅纹和细米坐在大堤上。

梅纹：（一边画水边的风车，一边说）目光不能太快、太浮，要学会停住，学会停住后凝视，就是说盯着看。你看着看着，就见那个被你盯着看的事物呈现出许多新鲜的东西，这些东西是你过去根本没有发现的。（顿了顿，清了清嗓子，继续说）

聆听讲座的孩子们

就说这片叶子，你仔细看着，仔细看着……看见了吗？阳光正从它的背面照过来，它成了透明的，你看，它是有脉络的。稻香渡到处是大河、小河、河汊，那叫什么？叫水系。而这片树叶的脉络就是这个世界上最小最精致的水系。你再听，用心去听，你还能听到有细细的流水声呢。你不这样去看树叶，就等于你没有看到树叶……

【细米摘下一片树叶，在阳光下照着，样子呆头呆脑的。

梅纹：（朝细米看了看，微笑着说）在这片天空下，没一样不值得你去关注与凝视。只要沉下心来，屏住呼吸去看，你就一定会得到回报。你朝前看，再朝前看……看到了吗？

细米：（用手指了指前方）是个放鸭的。

梅纹：（用双手做成一个窗子放在细米眼前）你看，红日西沉，残阳从西边的地平线上将光反射到空中，这个人影变成了一个黑色的、高大的剪影。这样看，是一幅画吗？

【细米出神地看着，傻呆呆地笑了。

梅纹：远处的那道烟好看吗？（瞟了细米一眼）你心里在说：这烟有什么好画的？可是，你不觉得这烟很好看吗？你看它的样子，摇摇摆摆虚幻不定。说是一股烟，可它在动，在生长。你能说它没有生命吗？它先是升腾、升腾，后来就融化在了天空里。（说完，就很宁静地画着。）

【过了很久……

梅纹：（指着那缕缕白烟说道）这烟叫湿烟。湿烟有湿烟的样子，湿烟沉，呆，笨笨的，像一个人，有点懵懂、憨厚。不远处的河滩上，正有两个孩子在放火烧草。那草已经枯黄，又被秋风所吹，去净了水分，变得轻而脆，火很轻易就烧着了它们。你看那烟，就不一样了。人常说，一阵轻烟——那烟才叫轻呢。它没有负担，没有拖累，轻得没有一点点分量，你看它飘起来时，多轻松，好像有，又好像没有。这世界上的东西，你只要仔细看，其实都不一样的，它们就是它们自己……

【细米的双手托着下巴，目光迷惘而空洞。在喜欢大河中的嬉水声、棉花地里追野兔的吵嚷声的同时，细米正在喜欢另样的东西——那些普通乡下孩子无法感觉与领悟的东西。】

（剧终）

大水

杭州市余杭信达外国语学校 503 班　江　通

时间： 发大水时

地点： 某座小城中

人物： 漂儿（被大水堵在小城中的一位孩子）

拉手风琴的人（同样也被大水堵在小城中）

小孩（小城中居住的小孩）

小孩父亲

【大水不肯退去。它很阴险地往上爬着，几乎要爬上大堤，漫上岸来了。它像困兽一般闹腾着，张牙舞爪，气哼哼泛着白沫，一幅腌臜样子。

漂儿：（很发愁，托着脑袋）这样耽搁，哪儿来的钱呢？

拉手风琴的人： 虽说是个小城，总有手风琴好修的。（说着，便泰然一笑）走！（然后用洪亮的嗓音朝这个小城信心十足地吆喝起来）修理手风琴——

【走过一条条街，穿过一条条巷子。有时候拉手风琴的人吆喝累了，干脆站住，双手叉腰，并朝着天空呐喊。漂儿跟着他，是多么快乐呀！忽然，一个小孩跑过来。

小孩：（天真地）叔叔，我家手风琴坏了！（并领着他们到他家去，但小孩父亲看见他们后却拉回孩子。）

小孩父亲：（有些不耐烦）不修不修！（说完把门关上了。）

【拉手风琴的人并不走，屈起手指，很有礼貌地叩响了门。

小孩父亲：（探出脑袋）说了，不修嘛。（说着，又“哐当”关上门。）

【拉手风琴的人无可奈何只好走开。可是没走几步又折回来，固执地再一次将门敲响。

小孩父亲：（非常恼怒）你这人是怎么搞的?

拉手风琴的人：（竟用一种命令的口气）请把你的手风琴修一修！

小孩父亲：告诉你，那手风琴不值得修了！

拉手风琴的人：（有些固执）看看再说！

小孩父亲：（像赶鸭子似的）算了算了。走吧走吧。

【小孩的父亲顽固地又将门关上。漂儿有点尴尬。拉手风琴的人背倚门上，一脸不屈不挠的神情。

漂儿：（好言相劝道）走吧！

拉手风琴的人：（有点蛮横）不！（坚定地）这手风琴我修定了！（他一屁股坐在台阶上，卷了卷袖子，拉响手风琴，并且越拉越带劲。）

【小孩爸爸拗不过他，只好把门打开了……

拉手风琴的人：（侧过脸）决定修了？

【门没有关上。

拉手风琴的人：（朝漂儿一招手）进！

小孩父亲：（把一架落满灰尘的手风琴随意地扔在沙发上）修吧，只给五块！

【拉手风琴的人拉拉那架手风琴，点点头，小孩父亲便进屋睡觉去了。

拉手风琴的人：他信不过我！（顿了顿）就给我几块板子，再给我几片铜片，我都能做出一架好手风琴来。（他拿出工具，眨眼工夫，把那架手风琴拆了个“唏里哗啦”。）

2002年9月　在巴西里约热内卢

漂儿：（有点担心）装不起来怎么办呢？

【随即，漂儿被拉手风琴的人的神奇镇住了：他黏胶、换键、调整弹簧……动作麻利，节奏分明，这中间竟无一丝犹豫和停顿，一气呵成。

拉手风琴的人：记住，人总得有点本领。（说话间，拉手风琴的人又将那手风琴装好，并将它的外表擦得铮亮，他试了几个音符，随即大幅度地拉开风箱，一首优美的曲子便从手风琴中奔涌而出。）

【漂儿简直佩服得五体投地。

小孩父亲：（走出来，惊讶地瞪大眼睛）那手风琴……是我的？

拉手风琴的人：（把修好的手风琴放到沙发上，将五块钱往口袋里一插，收拾起自己的东西，拍拍漂儿）走了！

【小孩父亲又连忙掏出十块钱来。

拉手风琴的人：（用手推开）说好了的，五块！

【出了门，拉手风琴的人又不知疲倦地用洪亮的嗓门吆喝起来……】

（剧终）

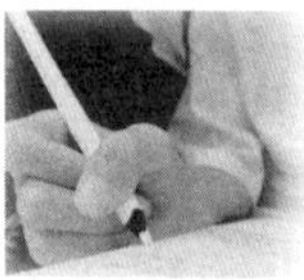

挑战大作家

《草房子》续编

余杭信达外国语学校504班　蒋歆怡

夏天，太阳照射着湖面，散发出金灿灿的光芒，知了在茂盛的树丛中叫着。与爸爸来到县城的桑桑和同学陆鹤在水里嬉戏。忽然他们被一首歌谣迷住了。桑桑清楚地看见当年失踪的纸月在湖边一边洗着衣服，一边对着蓝天念着：

一树黄梅个个青，
打雷落雨满天星。
三个和尚四方坐，
不言不语口念经。

这声音还是那么清脆、动听。歌谣勾起了桑桑对他妹妹柳柳的回忆。记得那一年，陌生的纸月一定要来油麻地上学。有一天下午，北风越刮越大，天空十分阴沉，放学时母亲担心纸月回家时会被雨淋着，就把她带回家。柳柳听说纸月要在她家过夜异常兴奋。可如今油麻地里再也听不到柳柳的欢笑声了。想到这里，桑桑的眼泪夺眶而出。

那是一个十分好的天气，全家人去山坡上野餐。桑

2002 年 9 月　在巴西首都巴西利亚

桑背着柳柳，她一个劲儿地拍打着桑桑的屁股，不停地喊着：“马儿快跑，马儿快跑……”过了不久，他们就来到了那个山坡。山坡很陡，下面就是一条很深的河，河边开满了漂亮的野花。爸爸仰望着蓝天，妈妈把饭盒拿了出来，叫大家过来吃饭。饭后柳柳乘大家不注意的时候跑到山坡上去摘野花，结果不小心摔了下去，滚进了河里，淹死了……

在柳柳的葬礼上，他们一家人号啕大哭，妈妈哭了三天三夜，泪哭干了就不停地抽噎。爸爸不停地抽香烟，一声不吭。桑桑再也没有心思去打篮球了，只是呆坐着。谁也不对谁说话，仿佛他们不是一家人。

想到这里，桑桑没有勇气继续回忆下去，只是坐在河边默默地流泪。他隐隐约约地看见纸月走了过来……

《青铜葵花》续写

杭州市余杭信达外国语学校 503 班　马思佳

青铜在田野中奔跑，突然停住了脚步。他用袖子抹了抹头上的汗珠，揉了揉模糊的眼睛，才发现一切都是幻觉。跑累了，躺在草堆上休息。妈妈着急地喊，青铜依旧不做任何回应，只是一直想着葵花。

天黑了，青铜漫步在芦苇地边，看见了那条河。河中央一只只散发着微弱的光芒的萤火虫在泛着微波的水面上跳舞。整个芦苇荡似乎被绿色的纱布笼罩了。青铜拍打着手掌，一群萤火虫随着声音向他靠近。他把它们捉进南瓜花里，然后熟练地捆绑在芦苇秆上。

忙碌了许久，天都已经蒙蒙亮了。青铜伸了伸酸酸的手臂，提起五朵南瓜花，向家走去。

妈妈其实早就在家门口等候了，她望着远处无边无际的田野，终于看见了那个瘦小的身影。青铜慢慢地走，看见了一直在等他的妈妈。妈妈伤心地抱着儿子，开始痛哭起来！妈妈哀伤地说："儿呀，葵花走了也没办法。别太难过了！"青铜一声不吭地垂下头去。

这件事令大麦地人纷纷谈论着："哑巴竟然会说

话！""听说村里要来几个城里人。"这两个消息也很快传到青铜一家人的耳朵里，青铜也常常想着是不是葵花要来了！

一天，一艘白色的轮船停泊在不远处的大海上，村民们都纷纷赶到那儿看热闹。嘎鱼和青铜也都跟着大人跑到码头边，看见令人振奋的一幕：船头站着一个姑娘，身穿蓝白相间的连衣裙，纤细的手左右摇摆着，好像在和青铜招手。走近一看，这是事实，站在船头的确实是葵花！

青铜兴奋地向码头跑去，葵花也按捺不住自己终于回家的心情，迫不及待地跳下轮船。青铜牵着葵花的手，向家走去。

爸爸妈妈由于一直忙着编芦花鞋，并没有察觉到葵花已经回来了，只是不停地搓麻绳。"爸！妈！"葵花尖叫道。爸爸妈妈转过头来，看见一个漂亮的女孩子。妈妈热泪盈眶，一把抱住葵花："你终于回来了！"

他们一家子一直聊到天黑，青铜从房里小心翼翼地拿出五个"花灯"送到葵花手里，示意她收下。

清晨，大麦地上又出现了一道奇丽的风景：葵花惬意地坐在牛背上，青铜走在牛前面牵着它，慢慢地走在田野上……

葵花再开

杭州市余杭信达外国语学校 503 班　俞凌天

青铜喊完那一句话后，全身已没有了一点儿力气，一下子瘫坐在了河边。

嘎鱼叫了几个大人过来，他们是来找青铜的。青铜却死活不走，坚决地躺在了那片无边无际的葵花田里面。

大家见青铜痴痴地望着河岸，便抬起了青铜，把他带到了河边。

人们望着河，又望了望青铜。

青铜全身颤抖着，突然，疯了似的举起手来，朝河那边挥了挥手，似乎葵花又回了转来。

“唔……”嘎鱼哭了，翠环、秋妮呆呆地看着倒在地上的青铜，又抬头望望大白船远去的方向，眼圈渐渐红了起来。

一些大人也闭上了眼睛，不忍看下去。

一片葵花飘落了，飘到了几乎没有力气再站起来的青铜脸上。

青铜费力地摘下葵花瓣，轻轻地捏在手心，眼前仿佛又出现了那个聪明、调皮、可爱，又深深爱着自己与自己家人的妹妹。

突然，有人大叫：“大白船！大白船回来了！”

青铜的心一震，费劲地站了起来，可仔细一望，原来只是远远的河面上漂着一张白纸。青铜眼前一黑，又倒了下去。

薄薄的葵花飞走了，青铜的妹妹葵花也没有飞回来。

秋风慢慢袭来，葵花地上的金色渐渐褪去。随着那大片葵花的凋谢，青铜的心越来越绝望。

葵花来到了市里，市长亲自接见了她，还让她好吃好喝、好学好住。可是，葵花依然不快乐，因为她惦念着大麦地的金色葵花，惦念着家人、同学，甚至惦记着曾经敌对、无视过自己的人。

在这种无边的寂寞与深深的思念中，葵花度过了整整一年。

城市的紧张生活，让葵花很不适应。像上次偷偷地去江南一样，葵花决定再冒一次险：带上足够的东西，悄悄坐上一条大船，跟着它回大麦地村！

葵花终于等到这个盼望已久的机会了：黄阿姨出去了，黄阿姨的女儿也出去了。葵花把家收拾得干干净净，然后在桌上留了张纸条：

黄阿姨：

我想回去了。以前我要回去，市长没让我回去，这次请原谅我不告而别。我在大麦地会好好的，您不用担心。

葵花

冰项链　郑婵婵绘

看马戏　刘哲丽绘

看马戏　罗思元绘

青铜与葵花　牟耕谷绘

葵花带足了东西，溜出了黄阿姨的家门，直奔港口。

哦，终于可以回家啦，可以见到爸爸妈妈，可以见到日思夜想的哥哥了！

葵花找到了一条往大麦地的船，跳了上去。

终于，大船来到了大麦地，葵花回到了自己的家。

那大片的金色怎么这么耀眼？哦，是葵花又开了吗？整整一年了，我终于又见到了！

放鸭子的嘎鱼眼尖，一眼便看到了葵花站在大船船头上。他全身一抖，狂奔到青铜家，一路上大声喊叫：“葵花回来啦！葵花回来啦！”

啊，妹妹回家了！青铜狂喜地奔出家门，他要飞起来了！

阳光灿烂，成千上万朵葵花金灿灿的一片，它们，一齐向着这个用尽气力奔跑的少年开放……

芦花鞋

任远达

青铜回到家后把卖完鞋的钱交给了妈妈，妈妈数了一下卖鞋的钱，发现多了一双鞋的钱，妈妈突然发现青铜没穿那双专门给青铜做的芦花鞋，原来青铜是为了给全家照一张全家福，把自己的鞋也给卖了。妈妈看着青铜冻红的脚，默默地背过脸去抹着眼泪。

第二天，青铜一家找到了那个拍照的人，拍了一张全家福。回家后爸爸把全家福挂在墙上。

几年后，买青铜鞋的那个人又回来了，他费了好大劲，终于找到了青铜的家。

“请问家里有人吗？”买鞋的人问。

“请问您找谁？”妈妈问。

“我是以前买你们家小男孩鞋的那个人，我听说你们家的青铜非常想上学，可是没有钱，我想我可以帮助你们给青铜交学费。”买鞋的人说。

青铜高兴地冲向了那个买鞋的叔叔。

《青铜葵花》结尾改写

杭州余杭信达外国语学校 503 班　江泽波

无可逃避了！青铜带着妹妹葵花东躲西藏，可终究无法违抗命运的安排——一群城里人已经开始地毯式搜查，他们已经铁了心要带葵花进城，藏在芦苇荡里的两人被发现只是时间的问题了。

葵花已经开始抽泣了：“哥，咱们回去吧！”

青铜一听，皱紧了眉头，看了葵花一眼，坚定地摇摇头。葵花明白，只要自己再说一次“回家”二字，青铜就会改变主意——葵花完全可以了解青铜是多么宠她，可她闭上了嘴，因为她也知道青铜这么做只是为了她能留在大麦地。

到夜晚了，微风拂过一丛丛乱得不堪入目的青草，发出“嘶嘶”的声音。葵花已经累得昏昏欲睡，可她那双朦胧的双眼突然看见的却是一个淌着热泪的青铜。葵花一惊，突然有些惊奇。青铜从未流泪——至少在她的面前没哭过一次，哪怕是被打，被骂。

青铜看到葵花正盯着他，慌忙擦干眼泪，强给葵花挤出一个笑容。但这一切瞒不过聪明绝顶的葵花。葵花对哥哥忧伤地说：“哥，我都知道，你舍不得我走，可我们也不能一直藏下去呀！”青铜叹了一口气，就再也不表示什么了。他们继续窥视。他们看见村长跟那些人耳语几句后，那些人耸了耸肩，走了。

等那些人消失在夜色中后，村长走向芦苇荡，压低了声音说：“小家伙们，出来吧。我知道你们在这里。”青铜和葵花从一片高低不平的草丛中钻了出来。葵花说话了，那声音也有了几分凄凉：“谢谢你了，伯伯。”青铜也点头问好。村长不无惋惜地说：“都到这节骨眼上了，我也没办法了。花呀，我怎么说也是看着你长大的呀，伯伯也舍不得呀！可这也是上面的规定呀，我也插手不来。”说着，村长叹着气走了。

青铜看了一眼葵花，哭了。他往家里走去。葵花没说什么，也回了家。

次日，清晨。一抹晨曦刚刚在天边露出。青铜在家门外静静地蹲着。他的脑海中似乎一片空白，彻夜未眠的他眼睛布满了血丝。青铜的心已经碎了，他无法面对现实，更无法改变命运。太阳爬上山冈了，此时应当送别葵花。

城里的人已在船上等了许久。送别葵花时爸爸妈妈特地劝慰青铜，说葵花在城里不会待太长时间的，很快又会回来的。可青铜只是面无表情地坐着，久久凝视着大麦地。这片土地曾经闹过饥荒，遭遇洪水，却一次次地挺了下来，可今天这场“灾难”却无法挽回。

临走前，葵花最后看了一眼青铜，带着晶莹的泪花走了。葵花到码头了。在那里，全村人都默默为葵花的离去感到惋惜。而青铜依旧坐在门槛上，沉默着。猛然间，他站了起来，奔向码头。他清楚自己正在做什么，他要按照自己的想法去做。

葵花的一只脚已经跨上了船。在父老乡亲的背后，突然出现了气喘吁吁的青铜。青铜的脸跑红了，眼圈也红了。他折了一根树枝，在地上歪歪扭扭地写道：请别带走葵花。大家默不作声。船上的一个人开口了：“对不起，这是规定，我们一定要带走她的。”青铜安静了下来。他扔下树枝，缓缓跪了下来。大家惊愕不已，喊道：

2008 年春　为某中学题字

“青铜，你这又是何苦！快起来！”青铜摇了摇头，他用手比画着。青铜爸翻译：若是葵花不回来，我也不起来！城里人全被感动了，可还是说：“你这样我也没办法，这是规定啊！”这时，青铜哑口无言了。一直不说话的葵花突然下了船，走向青铜。她说：“哥，起来吧，我铁了心不走了。”

青铜惊讶地看了妹妹一眼。葵花转过身，对船上的人喊：“对不起，葵花舍不得这里。大麦地永远是我的故乡，我不离开亲人和大麦地！”

一个城里人说：“我们走吧！”另外几人支支吾吾地说：“可……可是……”那人微笑着说：“大家都有自己的感情，我们不能强迫别人啊。”说着，便开了船，对另外的人说道：“回去后我去跟他解释，相信他会理解的。”葵花走上前，冲船上喊：“多谢你了，叔叔！”过了半晌，“不客气”的声音久久荡漾在河面上。

这是大麦地的最后一个难题。从此以后，大麦地永远和谐了。

《根鸟》续写

余杭信达外国语学校 504 班　胡雪怡

当山风将根鸟吹醒时，他看到那些白色的鹰仍在空中飞翔着。他让整个身体伏在地上，将脸埋在百合花丛中，号啕大哭，哭着哭着，就迷迷糊糊地睡着了……

不知过了多久，根鸟醒来了。他发现自己正躺在用白色百合花铺成的床上，四周都长满了茵茵绿草，那棵巨大的银杏树就在他的声旁。他惊呆了。他愣愣地站了起来，用手轻轻地折下了一朵粉粉的百合花，拿到鼻子前闻了闻。他发现这里的百合花与他以前见过的百合花不同，这里的百合花开得特别灿烂，气味格外清新，闻了就让人陶醉。

根鸟沉浸在这个世外桃源中……“你好！”一个清脆的声音把根鸟从陶醉中拉了回来，根鸟回头一看，更加惊愕了。他看到了梦中的那个女孩——紫烟，那个令他离开父亲，离开米溪的女孩——紫烟。现在的紫烟已

《根鸟》拼音版插图

经是一个妙龄少女了，她那柔顺的长发一直垂到腰间，一件雪白的连衣裙让她变得像一个百合仙子，那双清澈的大眼睛一眨一眨，不过，她的眼睛里透露出一丝孤单。紫烟缓缓地向根鸟走来，把手中的一个大桃子给了根鸟，说：“你吃吧，我看你已经饿了。”说完，就要转身走。根鸟上前拦住了她，问道：“你真的是当年那个写纸条求救的人吗？”紫烟听了，愣了愣，转过身，打量了根鸟一番，然后点了点头。根鸟听了高兴极了，他的梦是真的，他没有白来这儿……他笑了，他会心地笑了。

夕阳西下，根鸟与紫烟坐在大银杏树下聊着过去的事……

《山羊不吃天堂草》改写

杭州市余杭信达外国语学校503班　秦　奇

紫薇来了。

她一身嫩粉色衣裳，在春天阳光的照耀下显得十分美丽。

当明子看见她时，她已经能勉强走了。她心情好极了，嘴里总是哼着小曲。听着紫薇的歌声，明子的心情变得更加快乐了，也随着紫薇哼起了歌。尽管没紫薇唱得好听，但句句话中都饱含着快乐，饱含着自由。

第二天，紫薇穿着新衣服，要带明子去买一件干净的衣服。

明子扶着紫薇在商场里逛来逛去，她要为明子挑选一件称心点儿的衣服。终于，明子在一家人很少的店里发现一条大红色短袖。换好之后，走出来的不再是一个肮脏的小孩，站在那儿，从镜子里照出一个健康又帅气的小伙子，俊俏而又迷人。

之后，他俩又来到了理发店，明子剃了一个小平头。理发后的明子看上去更有精神了。现在向明子呈现的这一切，都是个好兆头。

回到小窝棚，帅气的明子让三和尚和黑罐眼前一亮。三和尚说：“没想到明子成大人了。”片刻之后，三和尚静了下来，让黑罐把门前那个树墩拿来。黑罐应了一声，从外面搬来一个大木墩，上面放着一把锋利的斧子。然后，三和尚做了个手势，示意黑罐走开，又看了看满脸迷茫的明子，咽了一口口水，说：“各人有各人的前程，我不想留你们。但谁能出师，就看现在。”三和尚顿了顿，“大家看好了，这是一个木头墩，还有一把斧子，你们每个人砍三次，谁能把三斧子全砍在同一道刀痕里，谁便可以出师了。懂了吗？”

“懂了。”黑罐和明子异口同声地说道。

“那么谁先来？”

“黑罐比我大，黑罐先来吧！”明子毫不犹豫地说道。

“明子懂事了，黑罐大，理应让他先来。”三和尚威严的脸上露出一丝笑意。

这时，黑罐胸有成竹地走到木墩前，等三和尚熄灭蜡烛后，抡起斧子，想都没想就“咚咚咚”砍了三斧子。

三和尚又点燃了蜡烛，只见木墩上清晰地留下了三道印子。

黑罐放下斧子，垂头丧气地走到一旁。

三和尚又把木墩掉了个头，对明子说：“砍吧！”说着，又把蜡烛给吹灭了。

明子双手颤抖地举起斧子，却久久没有落下。三和尚大喊一声：“砍！”

可明子还是没有砍。三和尚又等了一会儿，见毫无动静，便想要再次大声喊“砍”。可“砍”字还没说出口，只听得“咚咚咚”，很坚定的三声，那节奏告诉别人，砍者毫不迟疑，动作极其坚决。

蜡烛又一次被点燃，满棚子都是蜡油味，再看那木墩上面，只有一道清晰的斧痕。

明子放下斧子，静静地站到一旁，等待三和尚发话。

三和尚慢悠悠地点了根烟，对明子说：“你可以走了。”

黑罐忽地抬起了头。

可明子却镇定地站在那儿。

“还有两下你是用斧背砍的。世间手艺再绝的木匠，也不可能在夜间无光之时把三斧子全砍到一道刀痕里。因为这是根本不可能的。”三和尚说：“明天走时，带上那套工具，当是我师徒的一份情谊。好了，时候不早了，快去睡吧！”

那天晚上，明子彻夜未眠。他想到自己尿床了，黑罐帮自己捂干，又想起和三和尚吵架，还想起了和黑罐打架，把他打到臭水沟里去，他似乎欠他们的太多了……

第二天，明子很早便起床了，本不想和他们打招呼。可谁知道三和尚早在门口等了，说：“好好创业，为自己的前程而努力。”

明子点点头，头也不回地朝远处走去。今天，又升起了一轮新的太阳……

《山羊不吃天堂草》续写

杭州市余杭信达外国语学校 503 班　余　舟

明子出师了，带着鸭子和一份留恋之情离开了这个熟悉而又陌生的城市。

明子决定回家乡看看，父亲、母亲还好吗？回乡的路上，他觉得自己是生活在另一个空间里，一股思乡之

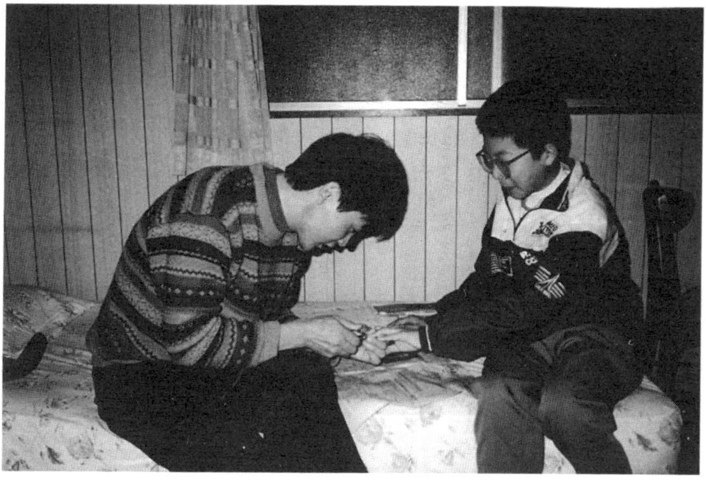

1996 年　在日本东京寓所给儿子虎子剪指甲

情冲上心头，那种不可解释、不可捉摸的情绪占据他内心的一部分，而这一部分正是明子一直不愿企及的，是悲伤还有不祥的预感。

经过漫长的路程，明子和鸭子终于来到了家乡。可是，一踏进村口，明子就觉得气氛不对，行人见到明子都表露出一副怜爱又痛苦的表情。

明子加快脚步向家走去，只见家门口还是那扇被风雨侵蚀的褐色的木门，门上贴着的春联早已惨白无色。风吹过，纸头的碎片沙沙作响。明子推门进屋，屋里寂静无声，堂屋里插着白花。看见这一切，明子哭了，鸭子哭了。老母亲端坐在椅子上，痴痴地看着用白布掩盖的尸体，凹陷的眼睛深不可测，嘴里还喃喃着："三年了……三年了……结束吧……"明子顿时感到眼前的白花像是老父亲昏花的眼睛，似乎在向明子诉说着什么。时间如流，明子外出已三年，却没回过一次家，自愧、痛苦如同万根钢针扎着明子已经千疮百孔的心，这一刻凝固了，只有眼前凄惨的白花在风中不停地摇摆。

五天后，老母亲带着痛苦和对明子的期望，与世长辞。明子，这个弱小的青年，默默地料理着这一切，双目无神。

过了几天，他收拾行装，背上那些木匠家伙，和鸭子一起走出了这个令人忧伤、令人痛苦的村子。

此刻的天空，朝霞渐渐升起……

《细米》续写

杭州市余杭信达外国语学校 503 班　陶　艺

"不，她不会走的，她不会走的——"细米小声说道。

"她真的走了，别伤心了。"

细米赤着脚跑进院子里，跑到梅纹房间的门口，用手重重地拍打着门，泪水滴在了地上，这扇门永远也不可能再打开了，不可能再有梅纹出现在门口了，亲切地说："细米，有什么事吗？"不可能！不可能了！细米哭得更加伤心了。

妈妈走到细米身旁，用手轻轻拍打着他的背，说："她还会回来的，一定会的。"

细米挣脱掉妈妈的手，跑出了家门。红藕马上站了起来，对细米大喊道："细米，等等我，等等我！"也跑出了家门。

这时，杜子渐回来了，看到细米和红藕跑出去，问细米的妈妈："这两个孩子怎么啦？"

"还不是因为纹纹的事啊。"

“哎——”

他们走进了院子。

细米和红藕来到那条河边——那条稻香渡里的人曾经迎接女知青们的河。因为细米觉得梅纹从苏州城里回来是肯定要渡过这条河的，于是就眺望着河，红藕跟细米一样，也眺望着河。

忽然，三鼻涕朱金根不知从什么地方冒了出来，在细米和红藕的中间转来转去，转了几圈后，问：“细米，你们在干吗？”

细米不回答，朱金根问了好多次，细米也不回答，还是依旧眺望着平静的河。

朱金根火了，大声对细米喊道：“杜细米！你给我听着，从今以后，你必须回答我的话，不然的话，你就自讨苦吃了！”

细米还是不说话，眼里流露出掩不住的失落。

朱金根怒气冲天，一拳打在了细米的后脑勺上。细米被朱金根打得一下子往前踉踉跄跄地走了几步。突然，他反应过来，一把抓住朱金根的衣领，把他甩进了河里。

然而，细米自己也因为没保持好平衡跌落在水中。朱金根掉下河的时候，鞋子被甩出去老远，他大喊道：“鞋子！鞋子！我的鞋子！”细米和他厮打起来，他摇着朱金根的肩膀，叫道：“她走了！你知不知道，她走了！她回苏州城了！你还在关心你的鞋子，你有没有良心啊！”

“谁走了？”朱金根一下子没有反应过来，愣住了。

“梅纹啊！”

“呀——”细米说完，又和他打了起来。

红藕急得直跺脚：“细米，朱金根，你们别打了！”

细米爬上岸来，又不说话了，又恢复到原先眺望大河的动作来，又变得一言不发了，只是衣服湿嗒嗒的，往下滴着水。很晚，他才和红藕走回了家。

回到家里，细米的妈妈正在到处找他们，看见了他们，妈妈就对细米和红藕骂道：“你们这两个死孩子，到哪里去了，快点过来吃饭！”细米没有反应过来，

2005年7月　在丹麦哈姆雷特古堡

反而又开始喃喃："她走了！她走了！"

妈妈好不容易才哄他吃饭，可他心不在焉地动着筷子。细米的妈妈叹道："这孩子，想纹纹想疯了！"其实，细米正在心里盘算着一个伟大的计划，他把这个计划悄悄告诉了红藕。红藕点头。

他俩到白栅栏那边去商量。他们决定：今天晚上12点，等细米的爸爸妈妈都睡着了，在桌上留好纸条，带好盘缠，便去苏州城找梅纹，对谁也不能讲。

随着时针和分针一圈又一圈地赛跑，终于到了晚上12点。红藕准时来到了细米的家门口。爸爸妈妈房间里的灯关着，可是他们还是不放心，打开房间的门，细米听见爸爸妈妈的鼾声此起彼伏，他们放心了，踮起脚尖小跑出家门。

细米和红藕跑到河边后，踏上原先借来的一条小船。细米熟练地摇着橹，在惨白的月光下，小船渐渐地在暮色中消失了……

1994年　在日本北海道